生活志文丛

第二辑

绿洲之歌

◎南子

天津出版传媒集团
百花文艺出版社

图书在版编目（CIP）数据

绿洲之歌 / 南子著. -- 天津：百花文艺出版社，2022.6(2024.8 重印)
ISBN 978-7-5306-8297-5

Ⅰ. ①绿… Ⅱ. ①南… Ⅲ. ①散文集-中国-当代 Ⅳ. ①I267

中国版本图书馆 CIP 数据核字(2022)第 067844 号

绿洲之歌
LVZHOU ZHI GE
南子 著

出 版 人：薛印胜
策划统筹：汪惠仁 张 森　**封面设计：**蔡露滋
责任编辑：沙 爽 田 静
出版发行：百花文艺出版社
地址：天津市和平区西康路 35 号　**邮编：**300051
电话传真：+86-22-23332651（发行部）
+86-22-23332656（总编室）
+86-22-23332478（邮购部）
网页：http://www.baihuawenyi.com
印刷：天津联城印刷有限公司
开本：787 毫米×1092 毫米　1/32
字数：170 千字
印张：8.25
版次：2022 年 6 月第 1 版
印次：2024 年 8 月第 2 次印刷
定价：39.00 元

如有印装质量问题，请与天津联城印刷有限公司联系调换
地址：天津市宝坻区新安镇工业园区 3 号路 2 号
电话：(022)29937958　邮编：301800

我们需要什么样的身体

——序“生活志”文丛

从出发点到归宿,陪伴我们一路的,是我们自己的身体。

生活记录在我们的身体里。

世界记录在我们的身体里。

生活与世界被我们怎样记录,我们就怎样被生活与世界记录。

我们要记录的也许太多,我们也许会抱怨笔墨不够;我们也许会担心,世界只记录了我们卑微的一面。

但始终只有一种身体是没有抱怨没有担心的:它看见了繁华,也目睹了凋零;它看见了洪流,也采撷了浪花;它无视成见,勇敢地踏入观念的“野外”……

——这样的身体,它无须抱怨,无须担心;笔墨也许会遗漏,世界也许首先记录的是你卑微的一面;但这样的身体,是敞开的身体,是生长的身体,是可以反观的身体,是可以由是反观“身体”的身体,是值得信赖的可以作为“生活志”的身体。

文字的身体固然不能全然跳出权力的叙述，但它可以努力展示自己与生活是怎样被权力叙述的。

汪惠仁

目录

卷下

卷上

葡萄晾房

无须沿着地图前行，我就能看见吐鲁番绿洲深处的一座座乡村,古老民居的屋顶上,矗立着一间间散发泥腥气息的土坯房,在早春的寂静中显示出自己的符号王国——它们状如碉楼，一色土黄,用土坯打制的墙壁,镂刻出密密的网格状的洞孔。这是当地农民借助古老火洲的热风吹拂,晾制葡萄干的晾房,又叫“阴房”。

这个世界之所以动人心弦，是因为它的四周荡漾着万事万物的气息。就像人的智慧隐藏着最高秘喻。把其中的无限,一样又一样地显示在有限的大地上,形成了万事万物的不同外观,因其差异和界限,才使人们的生活永不厌倦。现在,它们诗般的出现在我面前,像大地艺术,向着宽阔的山坡地带敞开,向庭院向阳的高处敞开。看见了金色阳光下的葡萄晾房,也就意味着,我已进入吐鲁番乡村的现实世界。

如果看不见葡萄晾房的话,就意味着我开始迷路了。因为在吐鲁番绿洲深处的乡村一带,我们都会和葡萄晾房相遇。这是最让我感到亲切的景观之一。泥土的颜色让我看到了不朽的时间所聚集的秘密,它使木卡姆的乐器永不干枯,带着不可思议的声音,进入一首又一首歌谣当中……

其实,在新疆广大的绿洲乡村世界,泥是最基本的色彩,它毗连村庄的精神元素。在吐鲁番,几乎每一座古老村庄都在葡萄园深处,那是用最古老的泥土塑造出来的房子,在日月和星光中,一次次地显示出明晰的轮廓和朴拙的色泽, 仿佛藏着一个乡村世界的隐秘史,葡萄世界的隐秘史。

“我们虔诚地把它当成我们的家园周围的事物并夸大它的种种奇观。”

现在,这种奇观开始在我的思想中长出了嫩芽。

但,葡萄的晾房为什么迎向太阳?

我渴望掌握这个秘密。

其实每一个秘密都需要遵循想象力的轨迹。此时,我不仅需要想象力,还需要迎向太阳,就像我迎向他们散发出泥土芬芳气息的木卡姆, 这样, 我才能走到那些被炽热的太阳晒透的葡萄晾房下面,哦,葡萄的泥土之屋,在每一间古老民居的屋顶,在地形高敞的向阳山坡,高高矗立。

早春三月的一天,当我在吐峪沟村古老民居的屋顶上,看见一间间面向太阳的葡萄晾房时,我一次又一次地爬上屋顶,用手抚摸着葡萄晾房的墙壁、木质的挂架以及挂架上的阴影。在晾房里,我的目光同样也无法避开支撑葡萄晾房的木柱和椽木。正是它,使我明白了吐鲁番无所不在的热风和阳光，需要这样一种东西支撑起来。

因为葡萄面对的是日月，每一个民族都敬畏着日月之交的每一个瞬间,因为每一个民族都有自己祷告的方式,也需有和日月相交的方式。维吾尔民族亦是如此,当木质挂架上的葡萄变得干枯以后,一粒葡萄籽又会变成多少葡萄,这取决于阳光和风的关系、人类与日月的关系。

在这里,搭建葡萄晾房这一古老工序,几乎代代相传。来,先看看这些土坯房子——葡萄的晾房。它们大都是平顶长方形,通常独立在地形高敞、向阳的山坡,也有数十间连在一起的,每间晾房约四平方米,高度也大都在四米左右。若干土柱上架设檩木,并放置木椽,还需铺设树枝、芦苇,最后涂抹草泥即为屋顶,地面仍是草泥抹面。土块砌成的墙壁上,有一个个方形网状花孔——那是用来通风的,均匀的间距,不会让阳光直射在垂挂的葡萄上。远远一看,像是“蜂房”。

哦,蜂房。人类曾模仿风吹过芦苇的声音,而产生了音乐;曾模仿蜘蛛的丝网而产生了经纬；曾模仿大自然丰富的色彩而产生了染织;现在是模仿蜂房的构造,而产生了葡萄干别样的甜蜜。一座座土坯的葡萄晾房仿佛洞悉和凝练了大自然非凡的奥秘与喻义,并以这种无懈可击的完美几何图形，完成了又一个源于自然界不朽的摹本,接近了又一事物的本质。

再进入晾房里面——那一层层木椽上带刺的“挂架”，用树枝和麻绳固定，现在，都还空着。像在冬眠。现在是春寒料峭的早春三月，它们还有足够漫长的时间去等待，等待着在灼热波浪中运送葡萄成熟多汁的身体。它们优美的睡姿将在这里甜蜜地栖身。

吐鲁番绿洲深处的村庄，葡萄犹如梦境一样撒向大地。所以，到了葡萄在碧绿的叶片累累下垂的季节，也就是葡萄收获的季节，整个葡萄园就像一块巨大的绿色毯子，迅速绵延至新的早晨。农人们像蚂蚁一样密布在各个葡萄园，遵循收获的准则将葡萄摘取下来，晾晒在向阳的山坡及屋顶上。像是要与日月进行沟通——一种诗性。远离了屋顶之下维吾尔族人世俗悲欢的生活本身。在年轻人、老年人以及妇女和孩子们的咀嚼声中，整个村庄自此与甜蜜为伴。

葡萄成熟后就会上架。在吐鲁番绿洲深处的乡村，几乎所有的家庭都有葡萄晾房。那些饱满多汁的果实在晾房内，凭借土墙那从方形花孔涌进来的灼热气流穿透身体，像是被施了魔法，在变换颜色和形状的过程中逐渐接近一种完美的叙事。

这是一个被彻底晾干的过程。生命亦如此。在吐鲁番地区，他们不仅仅用这种方法晾晒葡萄，同样也是让葡萄成熟后朝拜日月。他们一旦生活在葡萄的世界中，就一定会与明亮而热烈的阳光相逢：在葡萄晾房，他们劳动的身体不断地仰起又俯下——这是他们谦逊的姿态，被太阳照耀后感恩的姿态，在朝着太阳升起的地方不停地劳动，不停地鞠躬。

记得在一年盛夏,吐鲁番的葡萄熟了的季节,我随几位朋友来到了吐峪沟村,在一处古老的农舍里,我看见一位年逾六十的老人爬上了自家屋顶的晾房木梯——这是正午时分,老人爬上木梯是为了晾晒葡萄,并将已经晒干的葡萄从木椽"带刺"的挂架取下来。老人的背有一些弯曲,当然是朝下弯曲。人在年轻的时候没有这种弯曲下倾的姿势。只有在经过时间和劳作的双重经历,他才会有俯下身来衡量万物的姿势。

我站在晾房里,站在老人身后,一次次向头顶上悬挂着的葡萄仰望,从那被一串串葡萄切割的光线间隙中,从一股股土坯墙壁的网格涌入的灼热气流中,那些葡萄像古代精美的编钟一样彼此缓慢敲击,好像是混乱的、无序的,但是其中却深藏着来自另一世界的宏大旋律。不时有一两颗葡萄掉下来,落到我的头顶,又滚落在地上。我俯下身捡起,放进了嘴里。

我有些惬意,如同感受到了葡萄的吟唱。

随着这位老人的每一次躬身,我似乎理解了葡萄的晾房为什么会朝向太阳。

平坦屋顶上的葡萄晾房沟通了与世界的关系,阳光在屋顶上的泥檐移动,当我看见了它才知道,那些在屋顶下生活的乡民为什么会有他们的世俗生活。

盛夏的夜晚,白天的一股股热浪仍弥漫在空气中。这样的夜晚,吐峪沟的村民都爱在自家屋顶上睡觉。

晚上，我们借宿在吐峪沟牙库甫大叔家，决定也到屋顶上睡觉,牙库甫大叔细心地将数条花毡铺到泥皮抹制的屋顶上,让我们睡下。

屋顶上有着最好的视野,能够看到更多的景观。不,是听到,感觉到——天的穹顶难道不也是最高的屋顶吗?仰起头,就能看见天上的一片洁净星光,星子大而亮,无遮无拦。村庄四周,一片黑茫茫的,灯一盏一盏地熄灭,吐峪沟村高低错落的屋檐影影绰绰。而天上,乌云散开又聚拢,像在拼接一些我们永远无法识别的图谱。一些星辰已经消隐黯淡,而另一些,则画出明亮的弧线,让人难以体会到其中的深意。

高过屋顶的新疆杨在夜风中哗哗作响,飘下一两片树叶,飞落在布满尘土的毡毯上,好像有人从天上送信——让我们感到,世界并没有和我们失去联系,而是一直守候在我们身边。

是的,我一直很难忘记在牙库甫家屋顶上度过的那个夜晚。我在仰望中难以入睡。而热风不时地把一个人的鼾声传递过来。同时传递过来的还有午夜葡萄园酸涩而浓酽的香气，以及枝叶下累累果实的低语。

在我身后,是牙库甫大叔放置的一只木质鸽笼,鸽子在暗夜里不时地发出咕咕声——在绿洲农庄，维吾尔族人家大都养鸽。白天,它们低垂脖颈静止在屋檐或栖木架上的样子,像用泥巴捏制出的民间手工艺品,造型拙朴简单,只有当被什么惊动的时候,或者早晨里的第一缕晨光显露的时候——它们像在不寻常的黎明中受到鼓舞,轰的一声,像白色碎纸片儿向天空极远处撒开,将一个村庄从梦境深处彻底唤醒。

在我右侧,是高高的葡萄晾房,泥腥的气息微甜微涩,与葡萄枝叶的气味混合在一起,像在低吟。更深的黑暗中,晾房上的花孔网格像是一只只眼睛闭上了。

在这样一个夜晚,我的每一个感受都是细腻的。并且每一个细节都充满我对它的关怀,像被某种甘露所浸润。我仿佛看到,晾房中一大片绿叶下垂落的累累果实,也正从拱形的、华彩的天庭垂落向内心的恩典。

第二天早上,我们在牙库甫大叔家里吃早饭时,他说每到盛夏时节,他也总喜欢在自家屋顶上睡觉。

有一次,他喝醉了酒,半夜里爬上自家屋顶,扯了块花毡倒头就睡下了,在睡梦中翻了个身,便滚到了地上——哦不,是落到了屋顶下垒得高高的棉秆垛上。从草泥抹制的屋顶落到绵软而有弹性的棉秆垛,像大地接到了密旨,用另外的手段取消了重力。半睡半醒中,他的嘴角还留有昨夜酒香的涎水和葡萄的蜜意。

接着, 牙库甫大叔在棉秆垛上继续沉沉睡去, 一切都安然无恙,一直到天亮。

莫索湾

石河子艾青诗歌馆。

黄昏将近。偌大的展厅里就我一人在流连。光线暗淡,听不见人语。墙面上是艾青生前不同时期的照片,他的目光在时间深处向外凝视着——从旷野,从海边,从湿漉漉的青石路上,从荒凉的戈壁沙漠……所有这些,全都从跃动的背景和不同年代中次第而出,透露出他一个个偶然的心绪,或是与某个人、某次事件相遇的情景……

一张照片就是一个遗址。这里保存了记忆,由此我们可以进入回忆。

我从艾青的一张张照片前走过, 又在一张巨幅的落地黑白照片前站立,并长久凝视:那是一张艾青晚年时的留影,明亮的前额,嘴角深沉,鹰鹞般的双眸闪烁着强悍、坦荡和乐观的光彩。

在我看来,脸是一个人的瞬间坦露。好像有这样的一个说法:“脸是通向无形的门。”人壮着胆子在注视一张脸的时候,不能不感到惊恐不安,因为,脸首先是给神看的,注视一张脸就是在注视神。

但肯定这是一张杰出的脸，他的脸上有着宽阔的爱和宽阔的笑,还有一种饱满的沉默,如同这天色将黑时刻的风。具有这张脸的人,必须在历尽人世沧桑世事后以巨大的毅力,把这种品性当作内心的宗教一样恪守。

因此,我怀疑被普遍认为是美德的“单纯”是不是一种虚构状态——它是那么的虚弱和脆弱。

艾青是 1967 年 5 月下放到被称作“小西伯利亚”的莫索湾二场的,古尔班通古特荒原日出日落,艾青一家四口在母羊产羔的地窝子里住了五年。

从石河子开往莫索湾的班车大约要走一个小时。一路上,高大笔直的白杨树掠过，大地尽头的一些房屋紧贴大地，比草稍高一些,或者一般高低。草茂盛时看不见村子,只有炊烟正袅袅绕绕。

人也是紧贴着大地生活。

莫索湾团部的钟家镇。

我原以为我到达的会是一片杂草萋萋的、低矮破旧的平房区,哪里能想到竟出现了一排排气派的小楼，间或也有一些砖缝里长草的老屋,墙上写着一个大大的“拆”字,泥墙上用白粉笔漫不经心地写着:“湿手不要擦灯泡,以防漏电把人伤。”

我不禁莞尔。

莫索湾团部宣传科干事刘长梅，费尽周折找到了当年和艾青共事过的两位老人,一位是当年艾青的老邻居,叫畅兴起,另一位叫何成华。那时他们在莫索湾二场与艾青一起共事。

畅兴起老人今年六十六岁,湖北人,十八岁初中未毕业跟姐夫一起来到石河子种水稻和菜，每个月拿四十七块七毛六的工资，1966年调到这里当管水员，一直干到六年前退休，退休前的那一年,石河子筹建艾青诗歌馆,他把艾青离开一营八连时留给他的两件外套、一把铁锹和一根钢钎捐了出来。当艾青的故乡金华在当地筹建另一个艾青纪念馆找他要东西时，他除了回忆已经没有什么可以给了。

莫索湾在新疆第二大沙漠古尔班通古特沙漠上,因环境艰苦,得了"小西伯利亚"的称呼。"那是个鬼都不肯待的地方,那时只有这个农场里关着右派。"畅兴起说,"戈壁上红柳梭梭特别多,冬天极冷,下起雪来跟墙一样厚。大冬天出门一律穿毡,穿皮大衣戴皮帽,春天刮起风来天昏地暗。"

老人眯起了眼,沉浸在过去的回忆里。

"当时只有六间平房,三四百户人家都住地窝子。地窝子你懂吗?就是平地挖一个坑,两米深,上面用红柳苇叶泥巴糊起来,只留一门窗透气,一下雨水就往地窝子灌,有时连床都能漂起来。"

从石河子走出去的名诗人柏桦现在住在四川，他在《吊地窝子》的诗里写道:"下班的时候,一个个像走进墓窟,早上又突然钻出一条条幽灵……"

"那时没有电,家家点煤油灯,空罐头盒子打开一个口子,捻一根绒布条做灯芯，条件好点的做一个灯罩子——噫，那灯就豆大一点的光。苦啊。唯一的娱乐就是集体看露天电影，从《小兵张嘎》看到《卖花姑娘》再看到《铁道游击队》。

“有一天，我一听说这里还关着艾青时，吓了一跳——这么大的一个诗人，居然也劳动改造来了。谁不知道艾青呢？艾青进牛棚前，在全国就已经赫赫有名了，我一个大老粗都读过不少他的诗。”

他是1957年被打成右派的，先是被发落到北大荒，翌年被放逐到新疆，在乌鲁木齐待了一阵子，然后又被下放到石河子，那年，艾青四十九岁。此后文坛一去无消息，许多年里再也看不到他的诗。

艾青是1967年5月到这里，连里先是让他修剪树枝养鸡，后来到积肥班专职打扫全连大约十五个露天厕所。艾青每天扛着一根锻有铲头的铁棒和一把红柳枝条扎成的扫帚，从一个厕所走向另一个厕所。农场的人都知道艾青早年曾坐邮轮到法国求学，住在巴黎的小洋房里疯狂地学油画。艾青在清扫厕所时，像作画那样认真。即使这样，仍然有人指责厕所里还有几只苍蝇。

最难熬的是零下三四十摄氏度的冬天，露天厕所里的粪便冻结起来跟石头一样硬。艾青每天都要用带有铲头的铁棒撬开厕所的粪块，再挥动十字镐把冰冻了的尿块捣碎，有时不得不用手把粪块搬到架子车上。高瑛已说不清为他补了多少双棉手套了。

五年里，他是连队里出勤最多的人。

“那时，我和艾青同在一个‘老牛班’上，两家的地窝子挨得跟邻居一样近。没事的时候，我帮他用铁棒撬厕所里的粪块。艾青每次看到我来总是显得很高兴，有时还很幽默：‘我这块领土里的厕所最卫生，但到了风雪天真不好挖，而且增长速度实在是太快。我只好拼命挖，我真希望大家慢些，可是屁股不答应呵！’”

那些永远不会减少的粪块……我想，艾青承受的痛苦一定同普罗米修斯遭受那只鹰啄食时一样。

“艾青说话不多，看起来沉默寡言。他烟瘾很大，手不离烟，每天都要抽一两包，抽的是九分钱一包的自力牌。后来我教他学会了像当地人一样用旧报纸卷莫合烟抽。他有四十多块钱的工资，他用这钱养活高瑛和高健。

“艾青在地窝子里住了五年，煤油灯和长期营养不良再加上精神抑郁，使他患上了严重的白内障。那时我跟艾青住得近，是邻居，平时没事喜欢到他家串门，和他聊天。有一天他告诉我：‘右眼失明了，左眼只有零点二，领导批准我去北京治病，可我哪去得了啊，八连也出不了啊。’

“艾青向我睁大了他的灰蒙蒙的眼睛。我一句话都说不出来，眼泪快掉下来了。”

畅兴起说：“即使这样，艾青每天还是写，有时见我来了，他会高兴地给我看他写的文章，尺把厚，好像是关于北大荒的。可我哪里看得懂啊。有时他还给我看他画的画，有一幅画的是溪水边一丛竹，一个钓鱼人，我看了后说：咦，这个画得不好。艾青很不好意思地笑了，跟孩子似的。”

在那段时期,他还是偷偷写了几十万字的诗体长篇小说,题目叫《沙漠在退却》,是记录莫索湾建场历史的。

“1976年,艾青终于获准去北京治病。他再也没有回过新疆,我也再未见过他。但是他说过:‘我家的门,永远为新疆的朋友敞开。’”

苦寂岁月,每页都是痛苦。

艾青说:“真像穿过一条漫长的黑暗而又潮湿的隧道,自己也不知道能不能活过来。”

但艾青又说:“生命是可感激的,因为活着,可以做多少有意义的事啊。”

畅兴起老人的家离莫索湾团场部有两里地,离行政中心远些,生活的环境也就要旧些。沿途走下去,到处都是成熟朴素的土黄色,在自然的光辉中,人们慢慢地干着自己的事情,运送棉花的一辆辆卡车在柏油路上排着队,停在路边,路过的人不由得停下来看,我也跟着停下来,也不知要看什么,只知道当这种运棉车越来越少的时候,冬天就来临了。

莫索湾团场的尽头有个用青石搭成的大水池,几个洗衣、洗菜的妇女一边干活,一边说笑,几个小孩在旁边跑来跑去。周围是尘土和狗。一个老太太坐在自家门口的土墙下剥一堆棉桃。

畅兴起家是一个小的四合院,进门右边是一个小厨房,角落里有个黑乎乎的灶——像是世界上最古老的厨房,已经烹饪过无数的晚餐。一只像古董一样的腌菜罐子静默着待在暗处,墙上挂着辣椒、草帽，地上堆着土豆、玉米。从右边的屋子里走出一个肤色白净的男人，畅兴起告诉我这是他的儿子，叫畅想，在北京念过大学呢。

畅想受城市文化影响，迷信生活在别处，他也喜欢写点东西，也迷摄影，一有空就往新疆和内地的旅游热点跑，说是体验生活。我说你怎么不拍拍你生活的这个团场，畅想摇摇头说："摄影杂志不会登，太土，太一般了，太落后了，没有时代精神。"

"生活在别处"在中国人当下的生活里面太普遍了。也是的，普通人的日常生活是很难看出美的，重复，日复一日，而生活的目的也无变化。工作、挣钱、糊口、养育儿女、终老故乡，像世界上无数的人那样生活着。不过，畅想似乎不这么想，他一方面不得不每一天在为"过日子"而忙碌，但心里又似乎相信，有一种所谓本质的在别处的"高尚生活"，正在召唤在北京上过大学的自己。

随后，我又和畅兴起老人一起顶着下午酷烈的阳光穿过一片一片的苞谷地来到了何成华家，小院里种着各种时令蔬菜。我们推门进去时，她正在葡萄架子下摘豆角。

何成华老人两年前就已退休，她1956年随爱人来到这里，再也没有挪过地方。

她说："1969年那会儿，我的工资是三十八块九毛二，这些钱能养活一大家子呢。

"1971年，高瑛的儿子高健也就十八九岁吧，跟我爱人学开千里马，千里马？就是拖拉机啊。小伙子很漂亮，熟络了以后每天都来我家，跟我爱人一起挖野菜打麻雀，还捡当地人不要的羊拐子给艾青炖了吃。当时高瑛在“五七”排改造,每天挣不到两毛钱。艾青能活下来多亏了高瑛。

“高瑛人漂亮,活跃乐观,相比之下,艾青比较沉默,文质彬彬,说话迟缓,特别是夏秋时节,晚饭后总喜欢在自家地窝子门前,面朝天山的方向站着,好像在想一些问题。

“两口子心眼真好。高瑛爱热闹,喜欢上我家串门,她四十多岁了却叫我妹妹。那时粮食奇缺,我家因为长期住着没户口的大伯,全家十天就有八天靠挖野菜维持生计,艾青知道后就让高瑛和儿子高健找来一袋苞谷面接济我们。后来我才知道,这袋苞谷面是他家攒了一年的积粮。这件事,我永远都记得。

“哎,我孩子的名字还是艾青起的呢。我有一年生了小孩,抱他在门口玩时遇见了艾青,他抱过去问叫什么名字,我忙说还没来得及起呢。艾青仔细地打量着怀里的小孩说:‘兵团的军人比较勇敢,就叫军勇吧。’李军勇这个名字就叫到了现在。我们大儿子李军勇也喜欢看书、写点东西什么的,我就打趣他:是不是小时候艾青伯伯经常抱你,让你沾了点他身上的文气?”

李军勇现在是团场机关的一名职员。他告诉记者,就因为这层关系,艾青离开新疆以后,他从懂事起就十分关注艾青在北京的各种消息,在他心里,艾青从未走远。

何成华老人说:“过去的日子真苦呵,现在熬到了好日子,可一眨眼的工夫,我们这辈人就已经老成这样子了。我喜欢给孩子们讲以前的事,讲艾青,讲地窝子。以前的事,一件一件我都放在心里呢。现在啥都不缺,就是出门的机会太少,唯一的愿望就是能有机会去石河子的艾青诗歌馆看看,看看里面到底咋回事。”

夕阳西下,葡萄架下凉风习习。眼前的人满头银发,远方斯人已逝。

次日凌晨,我在畅兴起老人的带领下,坐车到艾青过去的流放地——被称为“小西伯利亚”的莫索湾二场。路极不好走,坑坑洼洼,土路上尘土飞扬。浩漫晨光照在成片的田野上,照在溪流以及正在低飞的鸟儿的翅羽上,促成了爱与恨,衰老和生长,其余的阳光被更远处的戈壁吸收。古尔班通古特沙漠的边缘,沙丘的线条渐渐黯淡。

我回忆着艾青的回忆……

你说:“沙漠戈壁其实很丰富。”

“梭梭很奇怪,骨头真硬。”又说,“人算什么?”

“人太吵闹了,不好。”

“不知那些石头在想些什么?”

“没完没了的期待。”

“人很脆弱。”

车子越发颠了。土路上到处盛满了泥水。四十多分钟后,几排破旧的砖房出现了。“到喽到喽。”畅兴起老人的脸上堆起了笑意。

那些艾青反复写过的如墓窟的地窝子呢?他曾修过它的门窗

上过泥房。早填平了,两个凸起的土包上长满了杂草。

人亦非,物亦非。

一代巨匠一个时期的精神苦痛就这样被埋葬了吗?

我们到了艾青修剪过的榆树旁。当然,树已成林。

“艾青刚开始分到牛头班劳动,任务就是修剪树枝,每天他像钟表一样准时地走进林带。他很有耐心,有条有理,把杂杈修得干干净净。他极富美感的修剪赢得了农工的赞赏。”畅兴起老人回忆说。

“这片旧址也要填了,全部变成良田。照吧,再晚一些日子来,连这个恐怕也照不到了。”老人执拗地在树前留影,很怅惘。

啊,当黎明穿上了白衣的时候,/田野是多么的新鲜!/看,/微黄的灯光,/正在电杆上颤栗它的最后的时间。/看!

当然是艾青的诗。名字叫作《当黎明穿上了白衣》。

那时,他二十二岁。

三个桥村

初冬的一天，我与同伴阿曼骑自行车到三个桥村看十二木卡姆演出。

清晨玫瑰色的尘埃在空气中越来越浓，铅灰色的天空中有了些许隐约的光亮。我微张着嘴，闻着熟悉的味道，这味道混杂有戈壁滩的咸碱味，灌木的腥味，镇巴扎牲畜粪便的味道，还有芦苇叶燃烧的味道，这些味道是二十世纪八十年代的味道，它们从不会单独停留，而是一起混合在此刻的晨光中，被一点点地蒸发。

村路两旁的白杨树失去了叶子，一层层变得晦暗干燥，笔直地默立在公路两侧，手挽着手，像是在举行一场集体婚礼。风从它们中间经过，将祝福延续到下一个村庄，带着微苦青涩的气息，延续到破旧的集镇以及看不见的远方。

一只老得走不动的狗，肮脏的毛皮上长了一些丑陋的疣，半卧在路边，似乎正安静地等待死亡。

这条土黄色的路就是它临终的床。

三个桥村路两边有好多古榆树。

一个身材奇瘦、衣着脏污的盲少年靠着一棵古槐树,身体面向阳光,他虽然看不到太阳,但一定感觉得到阳光正照在他的胸脯上,很温暖。

他一只手里拿着一把艾捷克琴,有一声没一声地拨拉着琴弦。几个半大的小孩围着他,上下左右看。

我问其中一个小孩:“这个人会弹琴吗?”

这个小孩不说“弹琴”,而是说“拉”:“他会拉的。他会拉琴。”

我说,可不可以让他拉上一段。

这位盲少年马上用嘴吹了吹琴身,开始拉了。

他拉得不好,断断续续的,曲子不成调,灰绿色的眼睛一直看着脚面,好像那脚上面是一张琴谱。

这么多人围着他,看得出,他有些紧张了。

我不想听了,骑上自行车匆匆离开了。一会儿,我又折了回来。

我在他裸露出来的口袋里放下了一张十元钱。

这个盲少年看起来还不到二十岁。

听当地人说,他父亲是三个桥村小有名气的木卡姆艺人。他生下来眼睛就看不见东西,也没上过学,但是喜欢看热闹,村子哪里有木卡姆聚会,他就让人带着去。

他从小就喜欢拉琴,可是天赋不高,家里人也就随他去了。

我有些懊悔:钱当然有用处,可村子里的人把他喜欢拉琴、喜欢木卡姆看成是一件很平常的事情,并没因为这个而施舍他钱。

他应该得到钱以外的尊重。

我离开后再回头看,那位盲人少年怀抱着琴,倚着树身面向阳光站着。

他没看见那张纸。

像所有南疆村落一样,入冬的三个桥村有一种沉睡后的静谧。

即便在白天,村子特有的宁静,也在本身的静当中,像死去了一般,朝着无限的方向扩散——

这个村子近百户人家, 算不上一个大村子, 房屋建得凌乱散落,既不是一排排,门也不全都朝着一个方向开,显然没有经过什么规划,像一个自然村落,也就是即兴式的,来一户就造一屋,谁知道呢。

这里的人家不论贫富, 门口都有一个院子, 里面往往有几棵树。要么是沙枣树,要么是洋槐树,到了 5 月,洋槐花开放,风吹过,铃铛一样的白色小花,星星点点地洒落下来。有一种凋落之美。

路上没什么人在走动。

村庄的宁静,就像田野的宁静一样,把许多有声有色的情节掩埋掉了。满目的葡萄架子、树木以及灌木环绕的土房周围都是尘土,还有狗、牛以及它们的粪便。土房前有两个小孩在嬉戏。

一路上,我看见泥土是灰色的、僵硬的,夹着陈年的稻草。

我路过村供销社时,看见七八个人站在土墙下晒太阳。

好太阳。干燥，不带有一点水。仿佛不是从天空倾泻下来，而是从泥地乱草的下面涌出。在这样的初冬季节，正午的太阳是不用花钱就能买到的一份美好礼物。

这几个人都穿着黑棉袄，戴着卷边的旧羊羔皮帽。他们是三个桥村的村民。

他们有一搭没一搭地说话，不时地爆发出笑声。

我们从他们的身边走过，看到其中一人的棉袄上有几个破洞，阳光钻进这些破洞的间隙里，进入他的皮肤深处。他好像也不在乎。他的头发凌乱参差，胡子就像没剪过的草一样，爬满他的上唇，还有下巴。我分辨不出他的年龄。

他怀里抱着一只斗鸡，很引人注目。斗鸡的个子不大，毛色乌黑，尾部有一些花斑色。它很温顺地待在主人的怀里，他们在一起谈论“鸡事”，买还是卖？输还是赢？

他向我转过身来冲我笑了一下。斗鸡豆大的眼睛很亮，在此时不显凌厉。

像所有的南疆村落一样，三个桥村是一座时间的迷宫。时间在这里交错、重叠，然后变得模糊。一个早晨和几百年前的早晨并没有什么区别，叶脉般的小路曲曲折折。那些村舍的门，有的打开，有的紧闭，有的虚掩。

如果这时从其中一扇门中探出来一张少女的脸，一张缩着红色头巾的脸，她开门的声音带着几百年前的那种声响，打开院落最深处的一点光亮，这种声音和光亮会在许多年后，被我记起。

苇子扎起的鸽舍般的房屋，黄色火焰般的草垛，叶脉般的小路正通向下一个村庄的更深处，时间的更深处。

一只狗从葡萄架下匆匆走过。

现在，我看见一位青年妇女坐在背阳的苇墙底下给小孩子喂奶。小而薄脆的生命，此时正贴向女人的乳房，孩子太小了，而她的胸怀又是那么的温暖。这位年轻母亲背靠在破烂的苇墙上，温暖的光线从苇墙一缕缕地透了过来，她的目光安详，似乎对时间有着巨大的耐心，对怀中孩子的成长怀有巨大的耐心。

虽然她可能不知道耐心为何物，她也只是习惯了这样生存而已。

我知道，这一带的农村，有一条不成文的建房法则，就是用粗壮的芦苇搭建房屋的墙体。用来编扎墙体的芦苇，都是平日里积攒的，在从前河水充沛的年代，粗壮的芦苇可以长到三米多高，当地人根据房屋框架所需要的长度，将芦苇捆扎成束填充墙体。

木屋框架结构完成后，他们用河泥涂抹木屋内外，虽然不久之后，涂抹的河泥就会被风蚀脱落，裸露出密密的苇秆。糟糕的是，用芦苇编结的墙体虽然便利，却抵御不住冬季饥饿羊群的啃食。经常，四面的芦苇墙被羊掏食得七零八落。

那些凑合着用下去的芦苇墙，如何抵挡得住倾盆大雨和沙尘暴？那些居住其中的人，又如何度过他们的一生？

我富足和贫困的日夜啊，与所有人的日夜相等。

街道

我在奎依巴格镇生活多年,从没想过这个问题:一个人在什么地方生活,才更接近和符合这个地方的人的自然本性,人才是最安详、最安心和最松弛的?

正值11月初,我到达吐鲁番鲁克沁镇的时候,看到的是走势平缓的大山以及这个季节最为茂盛的黄绿草,再加上山峦上空垒如城垛子的云,是整个新疆绿洲之地典型的秋日盛景。而树木恰在此时披上了最好看的色彩,那绿色之中是所有不同的黄,那黄色之中是所有不同的绿,由浅入深,一层又一层,一片又一片。

沿途走下去,到处都是棉花成熟朴素的白色,在自然的光辉中,人们慢慢地干着自己的事情,再过两个月,一辆辆运送棉花的卡车会在柏油路上排着队,当这种运棉花的车越来越少的时候,冬天就来临了。

现在,一大群老年人成群结队地坐在镇中心花园台阶上晒太阳、聊天,正安闲地度过他们的晚年时光。那都是些男性老者。当地的男人,似乎都有着北方游牧民族的长脸,话不多,胡须杂乱,表情沉淀。

天气晴好的时候,这些一群群坐在门口台阶上发呆或聊天的老人已成为当地最古老的象征物。他们晒着太阳,精心地度过每一寸光阴,让时光继续编织他们的脸,他们的目光投向大街上沸腾的中心、孩子、汽车……

暮年生活已经让他们滞留在人生中最缓慢的叙述中。

正是他们脸上的皱纹确立了自身的历史,一代又一代,演绎出被保留的传统。现在,这些传统正被居住其中的人广泛阅读。

鲁克沁镇街道边上有一排小超市和水果店,几位洗衣、洗菜的妇女在门口一边干活,一边说笑,一群小孩在旁边跑来跑去。周围是尘土和狗。一个老太太坐在自家门口的土墙下挑拣一堆葡萄干。她的膝前放着一只草篓子,里面盛了一些陈年的葡萄干。老人用手慢慢筛选着——把挑拣好的去梗放在一堆,把不好的放在另一堆。她的动作缓慢而细致,似乎沉湎于拣干果的乐趣中,这种乐趣是她的头发白得那么纯粹的一个原因吧,那些时光全都储藏在她的白发上,一丝也没有流走。

因为衰老,她动作迟缓,那双布满青筋的双手几乎握不住这时光的轻。

现在,她的身体停滞在她的暮年生活最缓慢的叙述中。暮色落下,而新的一天仍在继续……

我继续在别处溜达。

当我再次路过的时候,老太太已经在椅子上睡着了。而正午的阳光如此清澈。在这里组成了一个心平气和的世界,一个持续在冬天来临之前的小说尾声中的世界。

还没到中午,一家巷口的杂货店正热气腾腾地开张,准备工作还没有做完,顾客就已经进来了。店主很年轻,他们完全有可能将这个小店一直开下去,并这样度过一生。

屋子里的一切收拾得很洁净。紧靠门口处放置的一口铁锅里,正煮着汤面,一锅汤水咕嘟咕嘟地响,这是夫妻俩的早餐。看得出他俩很热爱自己的生活。在鲁克沁这么小的县城里,人的日常生活是很难看出美的,重复,日复一日,而他们的生活似乎也不会有太多变化,挣钱、糊口、养育儿女、终老故乡。在这里,多数人都是这样生活着,不会被人指责庸俗,只会过小日子,这样的生活得到认同和继承。

鲁克沁。清晨是黑夜与白昼交织在一起的夜,距离高原最近的夜。极单纯的天色里,数颗老星星发出微亮的光芒。街区两边被白霜勾勒出的一长溜矮墙的轮廓,还有路边静止的车辆,与迎面袭来的冷风混合在一起,再加上凌晨时分整个街区浓稠的睡意……我在这种熟悉而又陌生的气息中获得了甜蜜和平安。

现在,我背着风,有时迎着风走。风像干硬的沙石,带着尖锐冰冷的金属质地扑打着我。我使出力气迈出去的脚步也似乎被冰封冻了一样在机械向前。两只眼睛被冷空气刺得泪眼模糊,没戴手套的手合拢进袖筒里,不一会儿,也像是被冻僵了。身上的羽绒棉衣像冰冻起来的塑料雨披,在凛冽寒风中刺啦啦地响。寒冷,就这样一次次地刺破我的身体。

但无论白天还是夜晚,这里的街区道路空旷,几乎没有什么人在走动。不时有各种车辆在路面上急急滑过,从车尾吐出一股股白色气流,一眨眼工夫,就不见了。也许在这个寒冷季节里,我是少见的在闲逛的外地人吧,有一辆出租车犹豫着似乎想靠近我,但又像怕冷似的一溜烟儿地驶远了。

空旷的街道。我在这宽阔无比的马路上真的看到了空旷。

我一直以为,只有街道,才是一个地方的寄生物。它寄寓在城市的腹部。没有街道,就没有城市生活。街道就像是一个地区的语法,它们绝对不会扯断自己的链条。城市借助于街道,既展开它的理性逻辑,也同时展开了人们对它的种种神秘想象。

在我所居住的乌鲁木齐,无论是小西门、中山路还是二道桥,这些街道都在表达着这座城市清晰的世俗生活。它们承担了城市的噪声,承受了商品和消费,承受了匆忙的商人、打工者、散步的老人以及无聊的闲逛者……他们的在场,使街道像一座城市的微型剧,永不落幕。在某一时刻,街道上的人群总是饱和的,人头攒动,街道拥挤,让人烦躁不安。那么,街道是否通畅,人流和车流是否稠密,这有时会构成我有急事出门前的一个茫然心事。

而现在,我对城市街道的一种想象和理解在鲁克沁镇却变成了另外一种景象。道路的铺就虽然全是人工的痕迹,但几乎看不到什么人影。没有行人。没有在门口的伫立者以及门窗后面的目光。

那唯一的眼睛。

那是一种对沸腾生活的赞美和肯定。

整个街区空旷、寂静、清洁。天和地突然变得又扁又平,整个街区没有高层建筑,没有广告牌,甚至也少有街头售货亭,一切都空荡荡的摊得很开,但一切都显得硬邦邦的,街道冷寂得似乎停滞。

但是,这好像都在衬托和夸张鲁克沁镇街道的空。

就我个人而言,街道是一个人适合冥想的地方。这种冥想最初由一些关于街景的油画和彩画唤起。后来是我的记忆。

也是在南疆的一个僻远小镇。小镇上的街道无一例外的宽广而空阔。低矮、新旧掺杂的建筑物不能抵挡阳光和寒冷。除了少数的几个街区,街道的尽头均连接着大片的旷野和戈壁。盐碱地上的白色丝缕清晰可见,仿佛地上铺了一层宽阔无边、一眼望不到尽头的白鬃毛,但它又是静止的,地气广阔的丝缕使我看到了大地所隐藏的哺育者的力量。

无论白天和夜晚,看不到什么人在街上走动。一阵风吹过一只鸟,吹下几片落叶。而正午炽烈的阳光在流泻,留下我和身后薄而凉的影子。这条街道真宽真长啊,我好像永远也走不到路的尽头……

一阵风把一些过去年代的影子吹来,唤醒我记忆中暗淡多年的一个片断。现在,正被另外一座小城的阳光照亮。

在这条街道上,我和我自己相遇。

而风的鬓发已经泛白。

铁匠铺

在库车,我一共看过两次铁匠打铁。一次是在库车县沙依巴克街一个小巷口,三个维吾尔族男人在一棵柳树下安上火炉,抡着铁锤在打铁,我们站在一旁观看。他们并没有因为我们的到来而显得慌乱,只是在无比熟练地打着马掌,对待手艺的态度谦卑而纯朴,手艺十分娴熟,好像有某种传统在引导着他们进行这样一种看似简单的劳作。

他们是库车老城最后的铁匠艺人。铁匠使我们看到了农具在淬火中形成的具体过程,看到了铁在淬火中是怎样变成农具的。

现在,只有库车老城还保留有最后的铁匠。

这些铁匠艺人不依靠庞大的机器,同样可以制造工具。在以前,他们似乎只需要一座火炉就够了。现如今,打铁的设备先进了许多,吹风机是电动的,煤也是上等的好煤,烧红的铁需要淬火,才能变得更加坚硬。所以,他们打起铁来不费啥力气,投进火炉的铁很快就被烧红,火星四溅,铁的味道在火中弥漫开来。

在新疆好多的地方,都有经营简单而手艺实用的匠人,他们大多是无名的,在日复一日的劳作中,谁做了什么,东西在哪里出售,由谁购买了,都无法知道。对他们而言,工作并不是为了出名,不过是为了糊口度日所为,像眼前这几位打铁匠人,并不认为打铁是一种可夸耀的职业,铁匠不过是百工之一,他们每天反反复复进行着同样的工作,并无厌烦之感。

可是,社会是在经常变化着的,人的智力发展使工具的功能变得复杂起来,机械在向前发展,像这样单调而迟缓的手工劳作易于被时代冷落。

果然,他们说,现在库车老城铁匠这一行当已经不怎么吃香了,辛苦不说,挣钱还少,但他们却一直坚持着,一天到晚守着个铁炉子,铁锤叮叮当当,炉火不断。也许对他们而言,就连库车这个小县城也是陌生的,在这里生活多年,他们的目光一直在乡下。毕竟有那么多的马和驴不能缺少马掌、驴掌。那才是这几个打铁匠人的理想天地。

一直在铁匠铺旁看打铁的一个小男孩,总是抢着把冷却的铁块扔进火炉中去,见铁块被再次烧红之后,他便在一旁笑起来,露出一口白牙。

新疆作家刘亮程也写过库车的铁匠铺:打铁的人把自己的年年月月打进黑铁里,铁块烧红,变冷,再烧红,锤子落下,挥起,再落下。这些看似简单、千年不变的手艺活,也许一旦失传便永远地消失了。我们再不会找回它们。那是一种生活方式。它不仅是架个打铁炉，掌握火候，把一块铁打成镰刀这样简单的一件事，更重要的是打铁人长年累月，一代一代累积下来的那种心理，通过一把镰刀对世界、人生的理解和认识，到头来失传的是这些东西。

第二次见到铁匠铺是在紧靠麻扎的阿斯坦街。

光线暗黑的小铁匠房里，由窗户透进的一束白光和火炉发出的红光，是铁匠铺里仅有的光亮。过了好一会儿，我的眼睛才适应过来。这家打铁的是三兄弟，打铁时，一般由老大执锤，老二夹铁，老三在一旁管火炉。他们三个人配合得很默契，老大沉着冷静，老二谨慎细致，老三倒是显得无所事事。

我们与他们闲聊时，老三居然能说一口流利的普通话。他在北京、天津等地都打过工，因想念家乡，又回到库车继续打铁。问他在内地那些年的经历，他草草说几句，就不再说话了。

他的脚边是一堆打好的马掌，他拿起一只铁锤，闷声敲打着。

三兄弟的铁匠铺旁还有一个铺子，有一位维吾尔族长者在打铁，他就是三兄弟的父亲，叫尕依提，九十五岁的他，已打了七十多年的驴掌。尕依提的眼睛多年前就花了，看不清东西，整天戴着一副不透光的厚黑眼镜在摸黑打铁。每当火花四溅时，他黝黑的脸被火焰照亮，像铁一样散发出原始的颜色，似乎闭着眼睛都可以将驴掌以及那些笨拙的实用工具打制出来。这种打铁的技术依靠的是日积月累的经验，准确的匠人之手，就是通过这样的劳动锻炼出来的。

早在二十多年前,尕依提老人已和三兄弟们分了家,自己单独开着铁匠铺,靠打铁养活自己,吃住都在自己的铁匠铺里。我看见在屋子一边的地上放有碗筷,另一边的地上有被褥,角落里有个黑乎乎的灶——像是世界上最古老的古董,已经烹饪过无数的晚餐。一只腌菜罐子静默在暗处。墙上挂着辣椒、草帽,地上堆着土豆、玉米。

好在,老人不仅身体好,身上也没有任何一丝沉重的影子。

后来,他们都停下手中的活儿,和我们闲聊,大家说着一些轻松的话题,说库车夏天的炎热,说一等到漫长的炎热期过后就是铁匠的好时光。

火炉燃烧着,铁匠铺子一片温暖。

离开那个铁匠铺很远了,我才回头看了一眼,和所有的事物一样,铁匠铺显得非常平静。

孔雀河

库尔勒，意为眺望之城。一条迷人的大河波澜不惊，穿城而过，让我感觉这个地方的一切，在保持着人类栖居的最好状态。

这条河叫作孔雀河。维吾尔语称为“昆其得里亚”，“昆其”是“皮匠”的意思。

历史书上说，城镇的诞生通常与商品有关，人们逐河而居，接踵而至，在河岸边居住下来。自从人类来到这条河边，它便为此流淌，诞生与寂灭，让文明像河畔的青苔，生长并蔓延开来。

听当地人讲，孔雀河最早是一条洗皮子的河流。各种皮子由水路运来，洗好的皮子像河水的反光一样炫目。河道旁匆匆而过的官人以及成群的商旅、行者，在孔雀河布景一样的河街旁游荡……众多面孔所带来的气味与鞍具马靴的皮革味混合在一起，被经年的风雨以及众多晃动的身影搅拌，所有到过孔雀河的人，在离去多年后，依然能嗅到这种味道。

孔雀是一个有意思的意象。古代传说中认为原始的孔雀有一百多只眼睛,因而带来了双重的想象,那就是,孔雀代表了众多的视觉,是唯美主义的微观宇宙。

面对这条以孔雀命名的河流美景,诗人们会说:“在这样的地方,好像能看到那只名叫自然的美的孔雀开屏。”

一路上,我对这条河流充满了想象——当然是印证了我想象中的错误。孔雀河气质上的端庄平易,在某种程度上消解了我与它之间的距离,我看到了这条河与人的日常生活相连的部分。

数日来,我沿着孔雀河追溯它的源头,记下了我所看到的和没看到的事物,仅此而已。

夜晚来临,街上人流四散,白天的喧哗令此刻的街道疲惫不堪,它逐渐安静下来。但是城市并非没有夜晚,它的夜晚,变成了夜游者的温床,留给夜晚的是暧昧。

我们几个人在孔雀河旁的滨河大道行走,男人们因为多喝了几杯酒,步履有些摇晃,他们一路上轻声谈笑,彼此拍打对方的肩膀,动作幅度有点大,像要震落天上稀疏的星星似的。

我与女伴跟在他们身后慢慢走着。我喜欢这样的时刻。曾以为一个远离街道的人,也是一个远离生活的人,而一个不爱街道的人,一定是一个不爱大自然的人。因为街道的秘密就是大自然的秘密:

在夜晚温和的月光下,一个人漫无目的地漫步街头,四周的人群和喧哗编织成他的音乐背景，这样嘈杂之中的漫步所携带来的悠闲，不就是在茫茫无边草原上单个身影的故意孤独吗？

我无法描述我与朋友们一起，穿过孔雀河滨河大道时的喜悦：在这样一个深冬的夜晚，整个城市松弛下来，夜晚的水汽凉而浊重，青石路面湿乎乎的。在这条夜气湿重的河街上，有恋人在徘徊，孩子在奔跑。风拂过树枝，几片叶子落在街心，河街旁的酒吧、客栈五光十色，与居民区彼此贯通……

这时候，孔雀河挟带着波浪穿城而过。河面升起的薄雾，是一片被灯光点燃的朱砂色。

“河流是一段燃烧的躯体。”

在物质领域中，没有什么东西比火与水更为对立的了。在这被弄湿的火苗中，在这被点燃的躯体中，形式的想象显得何等的苍白无力！

“太美了。这么冷的冬天，这条大河居然还在流淌，它是活的，真是不可思议！”身边的一位朋友在感叹。

我略微有些吃惊，仿佛一个想象中的人，不动声色地突然降临。仿佛正与寒凉月光下的河水，岸边的房屋、街景一起达成了默契。

月亮、夜、星辰的倒影落入水中，旅行者的皮肤上，由水而起的战栗在游动。在此刻，我多么盼望一只真正的孔雀出现。

在新疆旅行,我总是会发现隐藏在那些地名背后的差异,察觉出那稳固、持久的文化心态背后永不重复的表情、乡音与姿态。因为对于一座城市而言,你所喜欢的东西不在于几个奇景,而在于它对你提出的问题能给予答复——

现在,孔雀河用波浪的每一个细部作为索引,清晰地答复像我这样远道而来的旅行者。

孔雀河把库尔勒市的生活分成两半:老城区和塔指新区。左边是库尔勒老城区,灯火阑珊,沿河而建的酒吧像一杯杯镶了金边的黑咖啡杯,一家紧挨着一家。霓虹灯招牌映照出“存在”“左岸”等字样。它们的背后,是拔地而起的高楼。

这些酒吧都只有数年的历史,没有传统。东方式的含蓄下面是一种情调。远道而来的人沿河流走到这里,为这些名称而感到迷惑。索性走进去喝酒,酒又变成温热的谈话。从外面看,在光影幽暗、人影绰绰的窗格中,隐约有衣袖和饰物的喧哗。

孔雀河的右边是塔指新区,一幢幢低矮的楼房肩挨着肩,拥在一起。其实仔细想来,两边差别很大,因为经济发展不一样,这在夜晚看得最清楚,中产阶级和小市民的河岸彼此依靠。

在冬天,这条著名的河流也仍以一种不易察觉的速度流淌。黎明时,当地人沿孔雀河的滨河大道散步、晨练,日常生活紧挨着孔雀河展开。

不过,有些人一辈子住在这里,可能对于这条近在咫尺的河流一无所知。但有一些人则是例外。

我在当地有一位女友,姓陈,早年在南疆和我在一起厮混,也写过一些诗和散文。她对事物的感知可谓天然。我从库尔勒回来后没几天,她在一篇短文中这样写道:

> 孔雀河边触动我遐想的东西,并不是我在水中发现的无限,而是深度。新疆的河流太多,我不曾走过每一条河流。
>
> 这条穿城而过的孔雀河,让我的梦才有了适当的实体,当我在河边漫步时,我的想象注入水中,注入这条使城市变得妩媚的湿润的水……我在河边陷入遐想,这是我的幸福。

对她的这一番描述,我简直是心生嫉妒。

如此看来,一个地方的文化系统若没有"水"的滋养,倒是一个缺失。比如南方的小桥流水人家,莼鲈之思,都是一种宗教性的人生哲学的生态意象,江南文化正是因为有了水的滋养,其阴柔成分,贯穿于每一个细节。尽管我并不十分迷恋阴性文化,但从不否认,阴性文化较之于西部礼序正统的城市文化,绝对是一个必要的校正和补充。

当河水用来滋养大地时,便进入了哺育者之列。这种有关河流的人性形象,来源于对河流的一份赞词:"河流是我们的母亲。水渴望参与各种奉献,循着自己的道路来到我们身边,给我们带来乳汁。”

不过说到底，栖居在库尔勒的这条孔雀河，它的美感是这座城市的人呼吸的芳香之气，是城市整体之中一个气韵生动的局部，也是他们用来交谈的语言。这条河流的存在本身都是为了取悦或满足自身的，并无意获得大小文人的精神嘉奖。

现在，库尔勒人把这条孔雀河自身的文化形态推到了极致。孔雀河水滋养了当地人的审美意识，所谓时光静好，岁月无惊，从而获得了永久的遮蔽。

可不可以说，是河流支配了我们对时间的看法？它的流动、它的消失、它的死而复生的绵延不绝，以移动的阴影为形式，在月光下伸展它泛着金光的脊梁。它也许并不想提示我们时间，而只想提示我们它的广阔。

一旦全身心地投入想象之中，我就会懂得保尔·克洛岱尔思想的深刻性：“水便是土地的眼光，是它观察时间的工具……”

历史一向有着可怕的深度。历史和文字有时相互插不进对方的领域，在一个偶然事件的策动下，可能就拐了一个微不足道的小弯，然后走到了另外一个点。最后，只有历史才能够充当它自身的证人。

古时，西出千里之外的阳关便是西域。西域三十六国在历史的天空下湮没。除了战争，就是环境的恶化。许多古城的湮灭，都是同水源枯竭、盐碱化加剧有关。

孔雀河是四十公里外楼兰古国的母亲河，曾是滋润罗布泊的血管之一，它发源于北天山深处的博斯腾湖，流经塔什市，穿越铁门关峡谷，进入库尔勒市，再经尉犁，沿库鲁克山东流，最后注入罗布泊。

罗布泊，曾是古代的“水潦之地”，在它的全盛时期，面积超过五千三百平方公里，到了汉代仍有“广袤三百里”之说。六十年前，尚能在湖中打到一米长的鱼，直到1972年被美国卫星拍到“最后一滴水干了”。

这条班超饮过战马、楼兰姑娘浣过纱、玄奘诵过经、罗布人捕过鱼的孔雀河下游水系，在二十世纪二十年代末，注入罗布泊的河水早已彻底断流，演变成今天“长”满利箭似盐壳的荒漠地带。

寂静的水，幽暗的水，沉睡的水，不可测的水。孔雀河下游的水把死亡拥抱怀中，使死亡成为本原。

漫漫黄沙尽头，落日虽圆，却失去了长河相伴。孔雀河故道、塔里木河、叶尔羌河这滋养罗布泊的三条河，如今下游无可挽回地死亡了，关于罗布泊的记忆却永不磨灭。

一条河流终有它日常的瞬间的美。如果不美，它不可能存留于我的记忆中。它静默着，把那个年代及年代里发生的事情留在波浪下面，如同把种子、根须及草叶留在泥土里。

如同我眼前这条宽阔的穿城之河——它在夜里漫过城区，又缓缓流下。有幸看到它的人不会知道，它与这片土地的关系。此时正裹挟着潮湿的夜气,像一只真正的孔雀那样收敛起它的娴静、神秘的翅羽。

但我不敢走到它对面。只要我不打开它的绝色翅羽,温柔的夜就不会结束,喧哗和动荡的白昼就不会到来。

巴拉曼

新疆有许多地方,人若无心,一辈子都不会到达那里。而对于钟情者,它们犹如强有力的磁石,引人千里奔赴而去。于田就是这样一个地方。

于田最有味道的是乡村巷道。这些交织在一起的小巷构成一座座迷宫。“迷宫”,在这里是唯一准确的词。这是精神的迷宫,同时也是肉体的迷宫。有人一辈子也走不出这座迷宫,在这里终老西去。总会有人走不出自己。

在这里,较早的民居、房屋、墙体以夯土筑成,屋宇为平顶式。由于老城民居聚集,空地有限,当我们在迂回曲折的巷子里转悠,无意间与屋顶上一只温顺的羊的目光相遇,让人惊奇。据说,许多人家在自家屋顶圈养羊只,这自然与老城居民传统的半耕半牧的生活方式有关。

玉龙喀什河就在不远处无声地流淌,但并不是每个人,都能沿着正确的方向走到河边。缓慢流淌的河,宽阔的河。河流并不清澈。

总有人一辈子待在“迷宫”里,对这条河流一无所知。

在于田县,我听说在托乎拉乡有一位叫库尔班·托乎提的民间艺人会吹巴拉曼。在此之前,我曾与他有过一面之缘,进入过他的音乐世界。

但现在,他与自己相随相伴的巴拉曼仿佛一直在我的视线之外,在看不见的地方游荡。所以,当我去托乎拉乡拜访这位巴拉曼传承人时,觉得自己是要寻一个失去太久的记忆——那费人猜想的喑哑之声,真的会再次为我响起来吗?

说也奇怪,南疆两样民间乐器唯于田县兰干村所独有:一个是对石,一个是巴拉曼。

对石是克里雅河特有的一种黑石,质地圆而脆硬,艺人每只手持两块黑石,用手互相抖击石头,就会发出有节奏感的、如疾疾驰骋的马的蹄音;而巴拉曼,则以它不可思议的缓慢、悠远的哀婉之音,给我以深刻印象,让我对这种特别的音质难以忘怀。

这些年,我一直在想有关南疆民间音乐的一系列命题,为什么欢天喜地的音乐总是会响彻在穷街陋巷?他们依赖简单的快乐胜过依赖任何东西,仿佛悲伤的音乐已被他们集体驱逐,连诉说悲伤的歌曲及其曲调,也像是热烈的音符在飘扬。他们不需要沉重,不需要痛苦,因而对于生活在穷乡僻壤的人而言,他们的悲伤是晴朗的悲伤。悲伤一过,又是晴空万里。

我出生在南疆并生活在那里许多年。但那时,我一直渴望外面的世界,直到后来我重新走到他们中间,他们的存在才好像真实起来。这些人,都生着比泥土还要暗的肤色,仿佛是从地平线上涌起,从田野长出,从树林中闪现。在河面上留下倒影,在整个南疆大地,他们无处不在。他们的欢乐无处不在。

你惊讶这样吗?这是不是一种古老文化?

库尔班今年五十三岁,只上过几年小学,有三个孩子。家里种有四亩无核白葡萄,生活水平在兰干乡属中等。

在库尔班家里。我说我曾在乌鲁木齐见过他,听他演奏过巴拉曼。他很吃惊。

那是四年前夏季的一天,我与新疆的诗人北野、摄影家翟克伦喝酒时,被翟克伦的一位维吾尔族朋友邀请去一家酒店听一场特别的音乐会:一个从于田乡下来的维吾尔族民间艺人演奏的巴拉曼音乐专场——我记得,他在吹巴拉曼的时候,姿势独特,右肩微耸,一缕沙哑的低音从耳际流过。巴拉曼的呜咽初声就这样流入我的胸口。

库尔班告诉我,他是被一位在于田听过他演奏巴拉曼的生意人带到这里来的。这个人似乎从他身上发现了"商机",让他每晚在酒店里演奏一场巴拉曼,目的是为酒店招徕客人。我们见到他时,正是他来到乌鲁木齐的第一天,面对好多人的提问,他很局促,不停地搓手,头低得快要埋到膝盖下面了。

"我在乌鲁木齐待了还不到两星期就走了。回到了兰干乡。"

"城市人不接受这个。"他说。

记忆中,我曾为他拍过好几张照片,他吹巴拉曼的场面进入我的镜头。回头看,更觉得这个镜头被关在了内部,现在,那隐藏着丰富意义的内部吸引着我,去探究它背后的东西。

库尔班告诉我,他十八岁那年冬天,家里来了一位从昆仑山脚下阿羌乡借宿的民间流浪艺人,名字叫买吐加兹,他随身带了一支巴拉曼。那是库尔班从未听过的一种乐声——缓慢,悲凉,深邃。这位艺人既会制作巴拉曼,又会吹奏。从那时起,他便跟着这位艺人学习吹巴拉曼了。三十多年过去,他吹坏了数不清的巴拉曼。

库尔班并不知道巴拉曼的历史。

巴拉曼是维吾尔族、乌孜别克族双簧气鸣乐器。民间又称皮皮、毕毕、巴拉曼皮皮。汉文史籍中曾译作巴拉满。它还有芦笛、芦管之称。曾流行于新疆,尤以南疆和田、麦盖提、莎车,东疆鄯善、吐鲁番等地最为盛行。维吾尔族早在游牧时代已经有巴拉曼,早期的巴拉曼有三、四个指孔,以后逐渐发展成六、七、八个指孔。

巴拉曼在我国流行了两千多年。它是由古代龟兹的觱篥演变而成的。在新疆的许多石窟中都有觱篥的描绘,它是龟兹乐中的固有乐器,在公元三世纪开凿的库车库木吐拉千佛洞中的壁画上,就绘有吹奏巴拉曼的图像。此外,天竺乐、疏勒乐、安国乐、高昌乐中都有觱篥。

关于巴拉曼的起源,民间有着不同的传说:古时候,虫子在芦苇上咬了一个洞,经风一吹,芦苇会发出好听的声音。后来就有人割下有洞的芦苇,用嘴吹,也很好听。管上端的芦簧吹嘴,这是受孩子们玩的柳笛的启发改进的,巴拉是维吾尔语“孩子”之意,巴拉曼即孩子的玩具。

起初觱篥是用羊角和羊骨制成,而后改由竹制、芦制、木制、杨树皮制、桃树皮制、柳树皮制、象牙制、铁制、银制等等,而以竹制最为普遍,制作较易。

至今我们常看到孩子们用柳笛作玩具, 其制法是将手指粗的柳枝抽去其中的柳骨。保留着完整的柳皮,成一空筒,也可以在管腔上穿孔,即成为柳皮觱篥。推想起来,若用桃枝制作,也就是桃皮觱篥了。但南疆民间流行的巴拉曼, 至今仍然保持古龟兹觱篥形制,用苇子制作,与木制管相比,音色略带沙哑,更具有地方特色。

一如现在我看到他手中的这支多处用胶布缠裹着的巴拉曼,这种曾令唐玄宗如醉如痴的、在史书中消弭千年的乐器是用芦苇制成,而且还是用秋天采集的芦苇制成的。

库尔班从房间里取出一把芦苇秆,开始制作巴拉曼,他说:一个吹奏巴拉曼的艺人必须学会制作巴拉曼。芦苇材质的优劣,与芦苇采集季节及生长环境都有着很大关系。

通常,干旱荒漠生长的芦苇苇节短,苇管细小,表皮粗糙缺乏韧性;而池塘生长的芦苇,最大的缺陷是皮质纤薄,含水量多,容易萎缩;质地好的芦苇要到山地间阴面的坡地寻找。

春天里采得的芦苇容易变形,最好的采集时间是秋天,采集的芦苇要及时固定在平整的墙壁上,等着慢慢风干。芦苇不能长期贮存，贮存两年以上的芦苇便不能再用了。

固定取出一根直径一厘米的芦苇秆，仔细地打量苇秆是否笔直。当他确定了芦苇生长的朝向，在靠近芦苇根的一端，用锋利的小刀削出四十五度的斜角。然后，他将一根与苇管内径相匹配的葡萄藤插进吹口的一端，放在碗里浸泡，这根葡萄藤的用途，是防止刮削吹口时苇管破裂。

加工吹口时，他显得很有耐心，苇管在他的手中不停地旋转着，小刀飞快地刮削芦苇皮，将吹口刮得像纸一样薄，刮削出的吹口长度为三厘米……

这么多年，整个村子只有他一个人会吹，于田县也只有他会吹巴拉曼，在其他地方，我没有听说，也没有遇见过会吹巴拉曼的艺人。他的普通话说得不是很流畅，有些话我很难听懂，一些话只能够明白意思，但无法转述。尤其是关于苇子墙、葡萄架、巴拉曼。

但看得出来，他喜欢我们问他，他高兴自己的历史和经验被人尊重。他知道的多，但却没有说的习惯。说什么呢？他赞美他们民族的时候，眼睛特亮，我不太明白他说的那些事情，但肯定的是，他由衷地喜欢这片土地上的人，那些维吾尔族人一个个都拥有板栗色的皮肤、深陷的眼睛、厚嘴唇和张口就来的歌子，这些歌子伴随了他们无数个激动人心的夜晚。他在自己家里吹，在麦西莱甫上吹，在“恰依”上吹，别人不给钱也吹。

“这不是钱的问题，这是民间的东西，我不吹的话，几年以后这个东西就‘完蛋’了。”

他用“完蛋”两个字表示他的忧虑。

当传统遭遇现代，这几乎是谈了一个世纪的话题，音乐传统也不例外。这些绝大多数存活在民间的传统，既然存活了，就会有它的受众群体。有些乐曲的确有其区域性，但更多的是处于边缘的、非主流的生存状态。

因此，在我看来，巴拉曼不过是一件太过普通的乐器，这种普通已经成立，从他娴熟的动作里，他似乎已完全掌握了这件乐器的基本结构。他只是在做这么一件乐器，还远没有精雕细刻，音乐就已经来了。

令我感动的是，这个还没有完成的物件，更有力量地呈现出了它最终的样子。它还不是乐器，只是一节芦苇，我捏了捏，它没做好，还有些湿润，但神性已经呈现。

神性，现在正出现在它未完成的地方。

阿布都铜壶

让我换一种方式描述喀什这座城市——这不是一座普通的人间之城，而是一座地道的迷宫，它在数个世纪前就用一砖一瓦慢慢垒成，自由地伸缩出无数条小巷和街道。因而这里既有时间，又没有时间——欧尔达阿力提巷、阔孜其亚贝希巷、吐玛克多帕巴扎巷、安江阔恰巷、诺尔贝希巷、江热斯特巷——我愿意将它们的名字记录下来。回想起来，也许正是它们美丽的名称和动听的发音，吸引我一次又一次风尘仆仆地走近它们。

吾斯塘博依——这条闻名遐迩的手工艺街，散发出当地人世俗生活的逸乐，仿佛是挂在这座城市的另一个体外的心脏，在某处支配着这座城市的生活、经验和想象——

吾斯塘博依是“水渠”的意思。二十世纪五十年代以前，喀什四个城门中，其中一个就通向吾斯塘博依街，长千余米，原是土路，狭窄得只能通过牛车或驴车。因为没有下水道，夏天一下起雨来，整个街道一片泥泞，太阳出来时晒干了积水，整个街道尘土飞扬。但就是这么一条街道,却遍布百余家维吾尔族人开的作坊和店铺:弹棉花的,补碗的,制琴的,进行铜器雕刻的,织地毯的,编筐子的,做铁皮箱子的,做铁锅的,做花床的、做花帽的……形成了艺苑之趣。他们一边制作,一边出售,终日叮叮当当,昼夜不息,仿佛是这座城市的注脚。

据说,从前这条手工艺街是从街口一位补碗的维吾尔族老汉那里开始的。老人精湛的补碗技术充满了某种仪式般的艺趣和美感。不过他有好多年没再来这里了。也是的,当从前那些修修补补继续用的老习惯消失了,手工艺人也就跟着消失了,因为没有了顾客而失去了存在意义,补碗这项活计也就成为无用的技艺。

的确,传统手工艺是农耕时代自给自足的自然经济下的产物,以工业革命为特征的城市现代化,终究会让它们成为博物馆里的陈列品。但是在喀什老城,传统手工艺仍具活力,似乎并没有受到城市工业文明的太大冲击,它们的存在,让这座城市具有鲜活的气息。

一个阳光充沛的下午,我在喀什吾斯唐博依街如针脚般繁密的店铺和作坊间流连,这条街上的店铺均为临街的平房建筑,这些如布景般鳞次栉比的手工作坊,都有几百年的历史,在过去的岁月里从未坍塌,土垒的门洞和梁木结构的门框都结实得很。

那些维吾尔族匠人在午后的荫凉处,在纸烟和茶水的间隙休憩或劳作,背景是墙上的灰尘和水渍。

我看见一位匠人在木料刨花的香味里挥动有力的双臂,似乎在召唤我的热情，他们使我信奉一种秩序——使粗糙的材料获得光滑无比的表面和完美的结构，那肌理和纹样，似有文字之美。以至于这条呈流线型的吾斯唐博依街，令不知疲倦的我，在整个下午来回走了五次。

我还在一间间狭小昏暗、放满陈旧器物的老店里挤来挤去，那些铜盘、铜杯、铜壶以及令店主人都很难确定其具体年代的镶嵌着红宝石和蓝宝石的首饰盒，充满了浓厚的让人恍惚的奇异味道，那是灰尘、香料以及时间的味道——我曾经在这样的店里，找到了一枚骷髅的纯银戒指，以及一小块色彩绚丽得不得了的羊毛花毡。

在我看来，吾斯塘博依街是古旧的，保持着二十世纪五十年代的样子，匠人们好像也都是那个年代的样子，他们被时间置于一个孤岛上，但不是海洋中的岛，而是历史中的岛，没有被时代的汪洋所淹没。

当现代物流正在中亚地区重镇喀什红火起来的时候，你会看到，他们仍传承着传统的手艺及经营方式。更能说明，传统和现代其实并不相悖，在这里，你看到的街景是自然的，手艺是自然的，称它为原生态式的生活，一点也不过分。

吾斯塘博依街有一家颇具规模的阿布都壶手工铜器店，此时静静虚掩着门的样子，更符合它自身的形象。

在维吾尔族人的生活中，铜器多为生活用具，其中主要有盛水用的“阿布都”（铜壶）、接水用的“其拉布其”（盆）、汲水用的“乔贡”（壶）、盛饭用的“里干”（盘）、炒菜用的“亚格鲁嘎”（铜锅）、烧水用的

"沙玛尔"(水壶)、泡菜用的"恰依乃碟"(铜缸)、蒸包子用的"曼塔哈赞"(铜蒸锅)等,所有的器物都以手工做成,造型古朴,图案纹饰华丽,繁复的花纹细节让我心动。

店里到处都摆满了金色的大大小小的阿布都铜壶。高低错落地摆放在店铺的木架上。店主把它们作为审美对象,摆设得好看而醒目。

阿布都铜壶,是维吾尔族人生活中的一种洗漱工具,传统的维吾尔族人,洗漱方式很特别,他们将水盛在铜壶里,边往外倒水边清洗,要往手掌里倒三次水,洗净的手不能随意乱甩动,以示对主人的尊重。

我喜欢这种铜壶的样子。繁复的图案和造型让人想到阿拉伯的神话《一千零一夜》。层层幔帐的周围是烛台、飞毯,还有阿布都铜壶,它的壶身刻有精美的凸雕,多年来被人们作为神迹抚摸。铜壶里有香料和神秘的魔液,有了它,似乎才符合我想象中的妖娆东方。

据说,最古老的阿布都铜壶有两种,一种阿布都铜壶的造型没有壶把,壶颈较长,壶身上有菱形的凸雕,造型古朴大方。只是时下这种传统的阿布都铜壶已经没多少人会做了。还有一种壶样式比较复杂,壶身上有把,也有凸雕,壶身上刻满了巴旦木花纹。

铜器店的主人叫卡德尔,看起来很年轻。铜器店的大部分物件都出自他的父亲努尔艾力之手。

努尔艾力的家是一个有着很大院落的农家小院, 院子里种了几棵葡萄树。两把三米高的金黄色铜壶一左一右地放置在院门的两侧,很是醒目。

努尔艾力今年六十七岁,精神矍铄,头戴小羊羔皮帽,长着稀疏胡子的脸膛黑里透红,性格憨厚健谈。他告诉我,到了他这一辈,已是阿布都铜壶第四代传人。家里世代做壶,但自家里还有一些地,并没有完全脱离耕种生活。

努尔艾力说,他的两个儿子都是他的徒弟,从少年时就跟他学做阿布都铜壶。大儿子认为做这个没啥前途,早不做了,七年前在喀什市吐玛克多帕巴扎巷开了一家干果批发店,生意也蛮好。

小儿子初中毕业后一直留在他身边跟他学手艺,已基本学成。

阿布都壶均以红铜板料锤敲打焊而成,然后按部位分别镂刻出精美的花纹。努尔艾力告诉我,以前他家做铜壶,只能用铸铜,要先提炼生铜块,用锤子把它一块块地砸成很均匀的薄片,再加工成阿布都铜壶。现在好了,市场上各种规格的铜皮铜板都比较齐全,拿来就可以使用,不必再像从前那样费劲了。

不过,不管是用铸铜还是用铜皮铜块,制作铜壶所用的工艺流程和步骤基本上是一样的。所以,努尔艾力家铜壶的做法,基本上还是依照传统方式,靠一把铁锤和一把钎子,百分之百的纯手工进行操作。

“手工艺品”一词在欧洲一些国家被用来强调“优良的产品”。“手工艺人”都是一些“怀技之人”。在他们看来,手工之道是非常重视年资的,不经过一定岁月的磨炼,就不可能充分掌握“技”。因此,只有经过制作大量的器物,才有充分练习技能的机会,准确的匠人之手,就是通过这样的劳动锻炼出来的。

努尔艾力告诉我,做传统的阿布都壶一般要分两截,先将两截分别做好,再进行对焊。两半截壶身最后合在一起要上下吻合,不能有丝毫偏差,以保持线条的流畅,以及奇妙的和谐感。

制作壶嘴的难度是最大的,因为壶嘴弯曲,上圆下扁,要先用厚些的铜板依照铜板画线剪裁,放到火里烧红,再均匀地砸成薄片,然后置放到一个壶嘴状的专用钢板上,用小铁锤砸成其形状,最后放到炉火上焊合。

传统的阿布都铜壶最可看的部分是壶身上的凸雕,都是巴旦木、石榴等花卉图案,凸雕是铜壶制作过程中难度最大的,也最能考量铜壶匠人的灵性。那些表面粗糙生冷的铜被他们的手每天抚摸,已变得质地光滑,落日之光打上去,光泽有如黄金。而这黄金般的光泽,就有如他们的过去、现在、将来。

不过,像他这样严格地沿袭古法制作铜壶的匠人已经不多了。努尔艾力对我说,现在街面上有些制作铜壶的年轻工匠为图省事,早已不在壶身上做凸雕了,他们只在壶身刻一些简单的花纹进行装饰。他们工作时漫不经心,只不过是照葫芦画瓢,一边做活计,一边偷瞟过路人,期待有人停下来问价。这种心情注定了他们只能依靠经验,模式化地生产每一件阿布都铜壶。

的确,现在有很多匠人早已不相信灵性的存在。他们根本就看不见它的存在。是我的认识和探访没有深入下去吗?回答当然是肯定的。但是我还看到了其他的原因,一件绣品、一只土陶、一把木刨的背后,在社会变迁的背景下,有它的历史轨迹和惯性。

努尔艾力的铜壶在喀什地区很有名气。前些天,欧尔达阿力提街道的一家饭店老板向他定做了一批阿布都铜壶, 他不得不放下手中的农活,赶做这些活计。

种粒

一天中午，我们在瓜农尼牙孜·哈斯木家里吃了一顿丰盛的抓饭。席间，同行的哈密作家黄适远，仰头猛灌了一通茶水，突然感慨道："这抓饭好吃，和哈密别处的不一样，你知道为什么会不一样吗？当然，去哪里吃还是这个抓饭，可是不一样的是这个环境，换了地方就不是这个味道了。"

我顿时很受启发。如此说来，地域显然具有一种奇怪的力量，却又十分的隐秘。它使人的这些感觉，像味觉、嗅觉，甚至触觉、视觉等，在此地如此，但在彼地就不一样了，这似乎取决于诸如气候、地理等因素。可是还有一些什么呢？一碗抓饭都如此，那么其他的呢？

作家刘亮程也有同感。他对已逝的传统怀有脉脉温情，曾对我说起过他小时候吃过的一些未经改良过的老式瓜菜：有长了虫眼的西红柿、甜瓜、土毛桃，模样矮小的芹菜、萝卜……一堆堆、一筐筐地摆在巴扎上。有一种叫"克克奇"的甜瓜，又小又难看，秧扯不长,产量不高,一棵秧上只结三四个瓜,但味道却极香极甜,吃了保准忘不掉。

他说他的家人都喜爱这带着浓郁香甜味道的“克克奇”。他的母亲每年就拣最甜最饱满的瓜留下种子，在窗台上晾干，来年再种。可是不知道哪一年忘记种了,或者是他们仅有的几颗种子被老鼠或鸟儿偷吃了。

当那种带有特殊浓郁香甜味道的老品种作物从生活中消失的时候,竟然谁都没有觉察。

曾有很长一段时间,“老”“越老越好”“原汁原味”的作物是乡村普遍认可的原则。从某种意义上来说，本土知识体系即指“传统”。历史上,我们最讲传统,这是由传统社会的特性决定的,由农耕方式建立起来的家族制社会,最重经验,由此传统“代代相传”,变动很少。

有人抽象出“文化”这个词,来说明“传统”的重要性,因为它的精神因素,可能是超越时空的,但多年来传统在“经济”面前节节败退,以及我们在大多数的时候对它的熟视无睹,让人怀疑我们是否扩大了这种重要性。

他问:“如果改良错了,我们又从哪里开始?”

哈密乡村里的维吾尔族人把甜瓜叫“库洪”。

在卡尔塔里村，我从当地一些老人那里，记下了一些老品种“库洪”的名字:黑眉毛、老汉瓜、一包糖、加格达、红心脆、早金、黄皮可口奇……这些瓜名多好听啊，听到名字就能一下子联想到瓜的模样，像一个个活生生的有性格的熟人站在面前。

这些美好的名字传承于人的生活，不仅有色泽、肌理，还有温度，诱发人的联想。我感觉到人与大地交替的呼吸。

比如老汉瓜，瓜肉醇香，略带甜酒味，入口即化。维吾尔族老汉将这种瓜一剖两半，刮去瓜瓤，泡上馕，就是一顿饭。

尼牙孜喜欢我们问他问题，他高兴他自己的历史和经验被人尊重，奉为至宝。

哈密瓜有二十多个品种资源，什么样的哈密瓜好吃易保存，这都是有诀窍的，千百年来，哈密瓜农在种植哈密瓜方面已积累了丰富的经验。据《新疆小正》载："种法不仅灰培，必用苦豆，不然则不甘美，他处种者，只见其形而已。"纪晓岚在《阅微草堂笔记》中对哈密瓜选种是这样记述的："如以今年瓜子，明年种之，虽此地味亦不美，得气薄也。其法当以灰培瓜子，贮于不湿不燥之空仓，三五年后乃可用。年愈久则愈佳，得气足矣。"

尼牙孜说："以前祖上种瓜，都是用牛羊粪施肥。用老方法种，铺上苦豆子叶。这样长出的哈密瓜口感好，易保存，用化肥不好。前两年看大家都在用，我们也试着用，用化肥催熟的瓜成熟快，样子好看但不好吃，保存时间也不长，所以，我又改回老方法种了。当然还有其他的方法。"

"什么方法？"我问。

老人笑而不答。

我知道，那就是外界纷传的他家有一本从祖上第四代开始传下来的有关种植哈密瓜的“秘方”。他家用这种“秘方”种出来的哈密瓜,糖度在十四到十五度左右,瓜甜得黏牙、黏手。既是“秘方”,就从不参加公开的展览,而永远只是家族的人为自己保留的展品。

后来禁不住我们的一再恳求，尼牙孜破例为我们展示了那本“秘方”,并允许我拍照。

尼牙孜对这本祖传“秘方”的态度是万分的虔诚。他把“秘方”藏在房梁上。他说,这样可以避免鼠咬。他年事已高,但他爬高取下“秘方”的动作又是那么的敏捷轻盈,像一个少年,而最终公开了他深藏的秘密:那是一本“手写本”。厚厚一沓发黄变脆的纸片上布满深奥的暗符,写着我这个汉人完全看不懂的维吾尔文,只有他自己才是那高超的破译者，能从这些斑驳的字迹表面的规则中找出暗藏的逻辑。

只是,古老的秘密,会不会因时间而失去价值?

在我看来,种子是每一生物源头的私属的神,开始创造它那善变的无中生有的戏法。甜美的果肉会被牙齿消灭,或是在寂静中慢慢腐烂。这样,种子就会裸露出来,进入土壤,开始生生不息地传递。

比如在农村,一些珍贵的种子,往往只保留在个别农人手里。他们喜爱那些老品种土瓜果的味道,就一年年传种了下来。

尼牙孜家有十三亩五分地,种有七个品种的哈密瓜,有加格达瓜还有早金瓜。种植加格达瓜一直用的是祖上留下来的种瓜的籽。

种瓜和种子是坚决不卖的。要自己留着,说是怕失传了,所以一直种下去,等着喜欢它的味道的人来买。

同样,老人也为我们展示了他祖上一代代传下来的有二三百年历史的种子。有好几个品种,都用皱巴巴的纸包裹着,一粒粒地被小心翼翼地放在了罐头瓶子里,和土布缝制的袋子里。那是他的家族永久的珍藏。

尼牙孜说现在村子里的瓜农,很少有人再种像加格达之类的老品种瓜了。老品种瓜虽然好吃,但晚熟,产量少,大家都在种经过改良的哈密瓜,这些哈密瓜早熟,上市早,容易卖上钱。现在他种瓜每年的收益跟村里别的瓜农简直不能比。

也许,所有沉重的东西,注定是由纤细来背负的。现在,每个瓜的果实里都睡着它的孩子,那些白而狭长的种粒儿安睡在它的腹腔,这是花粉、媒粉以及浩荡的春天之所以存在的全部理由;是大自然互容互生、环环相扣的复杂节律。

一年飞逝,另一年回转而来。春季将去,落花满地,夏秋之景,接踵而至。它在时间上构成了连续的波状之链。

现在,"秘本"中一张张苍黄的纸页和一粒粒种子获得了与时间相等的地位,我目睹了一个家族对于传统的繁衍、坚忍、持久的全部秘诀。

白桑子乐器店

江南作家庞培曾有半年时间客居新疆。他当年在喀什旅行，路过吾斯唐博依街一家维吾尔族人的小店铺，曾对一把不知名的、类似青铜一样的古老乐器怀有柏拉图式的迷恋，他至今记得那柄精巧的羊角一样轻盈的古乐器的模样："它挂在那里，像远古的银子一样没有光泽，浑身只有一把长笛大小，像横放的一把小型乐器，有一个浑圆的矩形，中间凹陷，一头圆肚处大，另一头细如马鞭……但任何一个维吾尔族人都知道它的确切名称，却因囊中羞涩，这笔生意没有做成。"

以至于很多年过去，他称自己再也未能在新疆的任何城镇碰见过比那把小型古代乐器更喜欢的东西。他至今也没有弄清楚它的名字。

我喜欢到这条手工艺街来闲逛，可能因为这条街上集中了喀什市最多的手工乐器店。难懂的异族语言和声音，就是这座城市的注脚，或者一份无限适用的激越之辞，在演奏着一曲交响曲（我们时代最泛滥的形容词之一），令我这个地道的南疆人产生一种恍惚感。但这种恍惚感却正是我所喜欢的：

> 狭窄的小巷子里到处都是不同民族的人流，有钱人骑着气度不凡的马，马鞍子上蒙着精美图案的毯子，在熙来攘往的人群中穿梭而过。临近黄昏的时候，油灯把飘忽不定的灯光洒向那些在幽深的巷子里移动的身影上，昏黄的光线中有颗粒细小的尘土在飘浮。
>
> 这个时候，可以听到从一座座低矮的房子里传出的模糊的人声和音乐声——那是由两根弦的都塔尔奏出的美妙琴声，还有维吾尔族民歌声，时高时低，和琴声和谐地交织在一起，有时会突然长久地停顿下来，然后琴声又起。越来越暗的巷道里弥漫着烟熏的气息，温和的夜晚的气息……

这是"瑞典之子"——东方汉学家贡纳尔·雅林在1930年来到喀什噶尔时的一段叙述。

现在，当我讲述这一切时，年代的顺序已被打乱。

这是一个细节逐渐呈现的时代，它倾向于逐渐地羁留人们的脚步，使人们在此驻足、流连和沉思。没有人能够幸免。就像现在，一家颇具规模的手工乐器坊，静静虚掩着门，更符合它自身的形象。

它隐身在吾斯唐博依街的深处——但它的内部是如此破旧，甚至连它屋顶上的巴旦木、石榴花的雕饰也早已锈蚀。昏暗的光线仿佛被折叠过多次才反射到窗户和早已褪色的雕花木门上，使门外的沙尘天气具有一种月球般的清寂。我的目光掠过这一切，连同墙上和展示柜中的热瓦甫、都塔尔、弹拨尔、纳格拉……我能准确地说出每一种陈列其中的乐器的名字。

正当我要走的时候，昏暗店铺的一角突然传出了琴声，那是从一直低头说话的两位维吾尔族老人那里传出来的。他俩都是六七十岁的样子，其中一位略胖的老者抱着琴——艾介克吧，他俩亲密地并肩坐在屋角低矮的沙发上，像两个经常在一起见面的老朋友。只是，那位抱琴的老者看起来要热情一些，另一位则寡言一些。

在新疆，那些维吾尔族乐器工匠的生活，一半是生活节奏，一半是乐器节奏，他们做了一辈子琴的同时，也拉了一辈子琴。他们在演奏的时候，手中的琴简直就是他们身体的一部分。

可是在这位老者手里，这把琴分明是一个活物，让我有了正好相反的审美感受：人是琴的一部分才对！只要我走近他，那种人与琴的主客置换便会在我的感觉中出现。这是一种魔一般的诱惑力，它像空气一样在他们的身旁无声涌动着，绵延不绝。

这位拨弄出如此好听旋律的老者是谁呢？他拨动了岁月的煎熬和时光的流逝，引来了我这个陌路人的驻足和聆听。他嘶哑的嗓音还哼唱出逸乐的音调，他吟诵永恒的季节和稍纵即逝的幻觉。吟唱完了月光再吟唱雨水，吟唱完了爱情又吟唱死亡。

他旁边的另一位老者一直怕冷似的把手袖在衣服里，神情温和地看着手中的琴——好像那些好听的声音，是从他略有些含情的注视中从琴弦上流淌出来的。连空气都被这种声音所吸引，沉浸在一种类似于被抚摸的静谧中。

如果冥想和缅怀不能滤去大街上喧嚣的市声，那么像书页一样静止的记忆只能留住音符而非目光了。

我放下挎包，在离这两位老者不远的地方席地而坐。在这样一个扬着浓重沙尘与音乐的声音混合在一起的下午，两位老人，还有我，都似乎在等待着下午的最后一支乐曲。

现在，那些曾经穿过窗棂的风已在暮色中静止。

白桑子乐器店打烊的时候，我在柜台上看到了相架里夹了一张卡片：

(1)胡西塔尔，原名艾西塔尔，维吾尔族弓拉弦鸣乐器。“胡西”在维吾尔语中是欢乐或非常悦耳好听的意思。

“塔尔”是琴弦。波斯语为“八音琴弦”之意，其外形与古代印度、尼泊尔一带流行的“萨郎济”非常相像。音色脆亮，可以独奏，或用来伴奏，曾广泛流行于新疆。但后来，胡西塔尔渐已失传，被历史烟云所湮没。

二十世纪七十年代，新疆维吾尔族著名的乐器演奏家、民间传统乐器制作者、改革家吐尔逊江将其复苏,并使它成为一种性能优良的维吾尔族系列拉弦乐器。

(2)热折可,维吾尔族、乌孜别克族弓拉弦鸣乐器。是新疆维吾尔族著名的乐器演奏家、民间传统乐器制作者、改革家吐尔逊江,二十世纪五十年代在三弦琴多郎热折可的基础上,改革成为新型的四弦艾捷克,使其成为高音、中音和低音俱全的系列拉弦乐器。

卡片的背面,正是这位维吾尔族老者的照片:吐尔逊江。

马兰

我记得有一首诗写马兰花的。

这首诗用一个童谣作为标题:《马兰开花二十一》。

这首诗是这样的:"马兰花是什么花/从小我就不知道/课间休息/女生老这么唱/她们唱/她们唱/二五六二五七/二八二九三十一/现在我三十一了/但我还是不知道啊/马兰花/她到底是什么花。"

这是一首简单而有趣的诗。对于开始怀旧的二十世纪七十年代生人来说,这是一个很实在的细节,它表达出我们这一代人对过去事物以及对童年无邪状态的怀念。

"马兰花开二十一"是小女孩们跳橡皮筋时嘴里念着的歌谣。在不同的地方,这个童谣有不同的版本。我们这儿是这样的:"一二三四五六七,马兰花开二十一,二五六,二五七,二八二九三十一。"

马兰花是一种什么花?

关于马兰花，还有一部电影是二十世纪七十年代生人所熟悉的《马兰花》。影片中的小兰，就像窥视秘密的天使。当美丽的马兰山上开遍了美丽的马兰花，她一边唱着“马兰花，马兰花，风吹雨打都不怕，勤劳的人儿在说话，请你现在就开花”，一边又祈祝自己心中的秘密心愿得以实现，即与英俊勤劳的花神马郎结合在一起，而这愿望也终成为现实。

这一传说不带半点世俗杂质，没有半点矫情，它只是童心无欺的真实凸显。单纯而神秘的王国，事实上就是儿童的王国。只有儿童，才能与童话融合在一起。没想到，小小的植物马兰花，竟演绎出了如此美丽的童话或神话。

马兰花是什么花？它每年都会在我们的视线里开放，我却不清楚它究竟是什么花。我仅仅知道马兰花有一个诗意化的名字，鸢尾。

我仔细了解了一下，鸢尾，别名蓝蝴蝶、祝英台花，属鸢尾科，具根状茎的多年生花卉。鸢尾属植物是对一族草本开花植物的统称。这种花由六个花瓣状的叶片构成的包膜，三个或六个雄蕊和由花蒂包着的子房组成。

鸢尾属植物成长在日本、中国、俄罗斯西伯利亚和几乎整个温带世界。书中说，这种植物的名字是由上帝的信使——连接地球和其他世界的彩虹而来的。彩虹被认为曾经拯救了六世纪法兰克国王的性命，当他看到彩虹从莱茵河上升起的时候就知道这时的河水已足够浅，于是过了河逃脱了敌人的追击。

知道了马兰花的究竟,我认定它是一种诗与爱情之花。

凡高有一幅画,名为《鸢尾花》,画面上的鸢尾花有种热烈而孤独的美,风一样的叶片在画面上晃动,蓝色的花儿散发出阴柔的、病态的,却又是热烈的气息。背景里的另外一种橘红色的花和一角橘红色的土地,将鸢尾花映衬得如此孤傲和忧郁。凡高被称作世界上最孤独的人之一,他留下的作品,却全部都像太阳一样,在画布上痴狂地燃烧。

马兰花的花语是:宿世的情人;爱的使者。你喜欢哪一个呢?

马兰花好像隐藏着许多的秘密。

每年春天来临, 南疆奎依巴格的戈壁滩, 风最先访问了马兰花。也是风最先嗅到了马兰花的香气,并依附于这种香气,一遍又一遍地吹拂,把马兰的色彩吹艳,并把香气带到了我们的面前。

其实,马兰花缘于一种叫作沙葱的植物,根茎粗短、肥壮,约有大半年的花期,即从初春至深秋都阒无声息地开放着。它在开春的第一场雨洒过后,一丛丛细细小小的沙葱,便悄然地从芨芨草中探出头来,开始泛出第一抹新绿。

不久,这新绿又不觉间泛出紫色、蓝色,像孔雀开屏似的铺开来,裹成一簇圆形,覆盖着一包又一包沙丘,几米或十几米一窝,像波浪似的把这奇异的色彩延伸过去,直到天尽头。

风在任何时刻都能证明它在流动,风的路线看不见,却可以把芬芳荡来。在风荡来马兰花的芬芳之前，一个老妇人坐在自家门口，沉默地看着远处。一只猫陪伴她很长时间。当老妇人发呆时，猫就在她的脚下打盹。就在这一刻，风荡来了马兰花的香气，老妇人揉揉鼻孔——她断定就是风荡来的，是风在她呆滞得几乎打瞌睡的时候给予她的清醒剂。老妇人在这芬芳之中变得清醒，她深深呼吸着从风中荡漾而来的马兰花香，决定去田野走走。

这是一个发现的世界。风发现了马兰花的香味便把它带给了人的嗅觉。这个时候，在田野边玩耍的几个小女孩抬起了头，她们对这味道特别敏感，她们站立着，像是不知道如何去对待风荡漾来的芬芳。

现在，这位老妇人被风一路牵引着，被马兰花的芬芳牵引着，来到了田野尽头。一大片马兰花的海洋就在不远处。

她迈着细碎的脚步，顺着风的方向悄然寻找那片马兰花丛——和油菜花一样，这同样属于乡村的天堂，她的脚步没有受到年龄和时光的限制而变得急促。

她眯着眼睛，置身在紫蓝色的马兰花丛里，开始用她有限的呼吸品味这花朵的芬芳，一次又一次地在这蓝紫色的色彩中回忆起自己的年轻时光，回忆那个把一束马兰花插在她头顶上的年轻男子。

没人知道她还想到了什么。

土盐

二十世纪八十年代一个初冬的薄暮中，雅玛里克山街区响起驴车从马路上走来的嘚嘚声，驭车人带来了土盐块，也带来了南疆戈壁和沙漠的气息。在这荒凉的气息中，驴身或者后车架会突然出现一大块色彩斑斓的和田地毯，好像他们随身携带着传统四处迁移。

驭车人是伊布拉音老人。他运来土盐块到雅山街区的时间比平常晚了好几天。

此刻，他赶着毛驴车在坎坷不平的土坡上行走，毛驴弓着身子，拉着装满土盐块的架子车走得举步维艰，每走一步都要把脖子抻得老长。随着锈迹斑斑、被铁丝缠绕着的旧车轮发出的嘎吱嘎吱声，山坡呈现出雅山古老街区的面貌：土黄色的房子彼此相毗连，房顶、烟囱、土路、巷道、树木、院落、泥阶交互重叠，像一个存在了近千年的、已被人遗忘了的建筑型积木。

这一车土盐块是伊布拉音老人的儿子从南疆老家库车拜城一

带的戈壁滩采挖的。用麻袋分装好盐块，一般在每个月的最后几天,找人运到乌鲁木齐的雅山街区。有时早几天,有时晚几天,但无论怎样,土盐块都会送到这里。

因为他知道,远在乌鲁木齐雅山街区的居民需要土盐,离不开土盐。

可一想到这可能是自己最后一次运土盐上雅山，伊布拉音老人的步履有些沉重了。

对于土生土长的新疆人来说，一望无际的盐碱地是他们再熟悉不过的“景观”。随便走进南疆一个戈壁荒滩,都能看到白花花的一片盐碱地,如雪后初晴的大地,在黑色与白色相间中裸露胸怀。

土盐,就是南疆戈壁滩上的带泥巴的盐碱,是实实在在的带土的盐。在南疆农村一带人家的灶台旁,均可见到一个“盐葫芦”——盛装土盐和水的混合液的葫芦,他们把土盐溶解在水里,土盐静置后会分层,上层是泡沫,油腻腻的,好比腌咸菜的水缸表面漂的那层东西。中层是浑浊或者清亮的液体。下层是沉淀物和泥巴。在烧菜用盐的时候，主妇们就用瓢舀出这种位于中层的土盐和水的混合液体。

这是不太纯的土盐,盐块表层的虚土杂质没刮干净,泡盐的时候就会产生泡沫,味道苦涩。而质量好的土盐,会像冰块一样透明、硬实。

南疆库车县的拜城周围,有着一眼望不到边际的戈壁盐碱滩,遍地都是盐土,只要肯下气力,就能挖出盐块,尽管政府一直大力推广普及碘盐,仍有不少农民沿袭传统,用这种“土盐”泡过的水做饭、煮肉、烤馕。南疆的许多馕坑就是由土盐加黏土做成的,老一辈的人说,用土盐打的馕坑,馕的味道合口味,吃起来带劲。这是他们世代的饮食传统,很难动摇。

雅山街区的居民大多是从南疆农村一带迁移过来的。他们的生活中离不开土盐,还把这种传统带到了城市。

终于到家了。

伊布拉音老人把驴车拉运到家门口一棵粗大的歪脖子老榆树下,树下放着一把铜壶,他蹲下开始洗手,他那枯干僵硬皱巴巴的手,在搓洗的时候发出咯吱咯吱的声音。老人把洗过的湿手在腋窝处轻轻擦过,解开布腰带包着馕饼的一头,在膝头展开来,掰了一块馕饼放进嘴里。他发现一小块馕饼碎屑掉到了地上,便小心翼翼地伸手捡起,吹了吹放进嘴里,然后咬了一口馕饼。

伊布拉音老人七十二岁了,但看上去身板结实敏捷,充满古老的活力。

看到伊布拉音老人拉运盐块回来，在墙根下聊天拉家常的几个人围拢过来帮他卸车。伊布拉音老人在雅山街区卖了二十多年的土盐,这里的居民都认得他。

以往,他们乐见老人拉运土盐经过这里。只要老人拉运土盐的毛驴车停在雅山街区巷口处那棵歪脖子树下，即使是指使家里的小孩子过来,也是能够拿回一两块土盐的。他们喜欢伊布拉音老人家的土盐,称赞他家的盐块质量上乘、没有杂质,而且成块、成形。

除了正常售卖以外，常有一些鳏独老人、孤儿寡母会到伊布拉音老人家里索要土盐。他们中有赊账欠钱的，也有用小篮子装几个鸡蛋提过来换盐块的，还有用麦草、苜蓿和瓜果等等来换盐块的。家境好一些的家庭，男主人还会把自己穿过一两次的衣服送给老人。每当这种时候，老人往往也会给这样的人家送去几块上好的土盐，作为回报。

热合买提·吐尔地看到他，赶紧过来跟他说："老人家，今天早上您不在家里吧？麦丽凯萨依尔带着人又来查土盐了，还找人开了大拖拉机挨家挨户地收土盐，刀匠纳斯尔家查出来二十多公斤土盐，还有伊克拉木江家、依拉洪家，还有库兰·阿新别克家的土盐也都被收走了，那么多的土盐，装满了整整一拖拉机呢。"

"我知道这个事。"伊布拉音老人轻叹了一口气说，"这批盐是我儿子刚找人从拜城那儿运来的。那边再也不让卖盐了。"

围观的人默默地从驴车上卸运盐块，把它们摆放在树下。

最近发生的事情他们都知道了——自治区严格管控出售土盐的行为，不让人们在戈壁滩随意挖土盐了，南疆不少地方还关闭了巴扎上的盐市，说是没经过提炼的土盐，有不少有害物质，食用时间长了会因缺碘患上大脖子病。

早在清末，到过新疆的外国探险家斯坦因等人就注意到南疆居民的甲状腺肥大。《马达汉西域考察日记(1906—1908)》亦记载："叶尔羌人开玩笑说，真正的叶尔羌人脖子上必须有一个瘤。"

吃土盐会得大脖子病的说法遭到了一些老人的反驳，他们不相信吃土盐会生病:“大家都吃土盐,可为什么有的人发病,有的人却不发病?不是每个吃土盐的人的脖子上都有一个瘤,我就没有。”

雅山街区卫生所的医生麦丽凯萨依尔听了很生气:“不生病的人是因为有人对碘的摄取能力强。人体能够代谢,他们不生病是他们运气好,但不是每个人都有这样的好运气。”

这种俗称大脖子的病是甲状腺肿, 因为土盐缺碘而导致碘摄入不足, 患了这种病的人感觉时刻被人掐住脖子, 呼吸会有些困难。但就是这样,仍阻止不了他们吃土盐。

可一说到吃土盐的孩子因缺碘,会得克汀病,老人们有些不淡定了。在南疆,每个村子几乎都有智力障碍者。麦丽凯萨依尔与社区干部们苦口婆心地给育龄妇女们上课, 告诉她们吃土盐会生出傻瓜娃娃。那些得了克汀病的小孩,面容、手脚抽搐,无法直立行走,连家人都不认识,看到他们这样,真的是令人难过。

居民们也知道吃土盐不对。可不少老人一辈子习惯了土盐的味道,认为这种袋装加碘盐不经吃,滋味不如土盐合口味,价格还贵。可社区干部一走,他们又偷偷地吃。许多年轻人虽然也知道土盐的危害, 但不会违拗老人的意思。灶台上摆放的政府发放的碘盐,他们不吃,却全家一起吃土盐。

最近一段日子, 麦丽凯萨依尔带着社区人员来雅山街区入户检查,宣传食用加碘精制盐的好处,还给居民发免费碘盐,让“盐葫芦”退出居民家的灶台。她见泡了土盐的玻璃罐直接打碎,把装土盐的袋子扔到房顶上,还用拖拉机车把土盐拉走销毁。这些居民尊敬医生,不好阻拦,只能在边上搓手赔着笑。

伊布拉音老人蹲在驴车旁抽烟，一直在想自己刚才从山下上雅山时发生的一件事。就在他赶着驴车路过巷口馕店时,一个小男孩半趴在路边的树桩上,突然捡起一块碎石头,向驴身投掷。驴一下子被惊着了,打了个趔趄。

伊布拉音老人认得这个小男孩，他是寡妇古丽妮莎罕家的傻孩子。有人私下里叫他“白痴木汗”。他智力低下,右肩不停地抽搐,十一二岁了还不会走路,身体软绵绵的站立不起来,总像只刺猬在地上滚来滚去,特别是最近一段时间,他手持杂木树棍以及碎石攻击着过往的人。

这时,寡妇古丽妮莎罕从路边一座低矮的木门宅院冲了过来,紧紧拽住“白痴木汗”的衣领,怒气冲冲地冲他大声叫嚷着什么。

一看到这个孩子,伊布拉音老人觉得被一种虚弱的感觉牵住,好像什么沉重的东西正往头顶落下。

听说这个孩子最近诊断出来患有典型的克汀病，大家都摇摇头说:这孩子以后可咋办?

伊布拉音老人正满腹心事抽着莫合烟，一个黑色身影横在他面前。

“老人家,这块土盐我五块钱要了。不赊账。”铁匠胡斯曼从驴车里抱起一大块土盐对他说。

“我今天不卖盐了,以后再也不卖了。你们——嗯大伙儿都散了吧。”伊布拉音老人把烟掐掉,站起身来大声说。

“老人家,您这是怎么啦——”胡斯曼吃惊地叫了一声。

“我就在这里等麦丽凯萨依尔,这一车子盐,就让她收走吧。”伊布拉音老人看着他说。

人们慢慢散去了。老人和孩子继续散漫地蹲坐在冬日阳光下,蜷缩着身体晒太阳。初冬的天风冷,太阳热。他们身后晒了上千年阳光的土墙,散发出黄金般的温暖。他们的脸上有一种彼此相似的满足和慵懒的神情。空气中弥散着刚烘烤出来的馕、孜然、羊肉、莫合烟以及集市各处干果吃食摊的味道。这一切搅在一起,加上一整个街区正午的沉沉睡意,给这个冬日平添了一种古老的温情。

弟史

龟兹曾经是一个被音乐养育的王国。

我说的当然还是龟兹的伎乐。在悦耳的丝竹声中,绵长顿挫的胡伎表演是一种极致的美——裙服琦华、璎珞闪烁,珥珰叮当,那一片令人晕眩的霓裳艳影,在急管繁弦中水一样汩汩流淌,反射出旧日的华丽,像一切的盛世悲欢。

在古代史籍上,龟兹又作丘兹、丘茨,千余年来古音犹存。库车之名的出现是后来的事。那个时候,文明拂晓前的龟兹尚处在多元文化共存而混浊不明的人类童年。

不知从什么时候起,那些乐器——竖箜篌、琵琶、笙、箫、弹筝、都昙鼓、铜钹带着迷人音乐的形状进入了盛唐,每一种乐器都恰到好处地在自己的位置上发出声响, 浑然一体地汇合成一条音乐之河。这些乐器体现出一个民族隐秘的文化。人们在乐器奏鸣的节奏中祈祷,用身体的舞蹈在鼓鸣之中幻化出一种精神。

现在，当我的手写下这些乐器时，心也随之舞动起来。我看见那些体态轻盈、宝冠璎珞的乐伎手执各种乐器和花盘奏乐起舞，摇曳的天衣在紫云漫卷的天空中翩然回荡。一种香气沿着佛光流曳，一场变幻无穷的龟兹乐舞使大唐有了一个近乎完美的世界。

美好的梦境会影响一个人幸福的倾向。

这时，我看见了手执觱篥的绛宾，他曾经把觱篥所带来的音乐献给了天地，献给了神，献给了那些美好的心灵。现在，他又将献给爱情。他是我看见的又一个幸福的人。

觱篥，是龟兹特有的乐器，也叫悲篥、笳。“南山截竹为觱篥，此乐本自龟兹出。”这是唐代诗人李欣的诗。在我的想象中，觱篥发出的声音流溢着奇光异彩，也弥漫着烟云雨雾。

在古曲的乐幕上，开启了别人没有开启过的新鲜一角——在觱篥时而急促时而舒缓的叙述中，我仿佛面对秋风萧瑟的大野，总有一些声音飘入耳中，风声在窗外忽隐忽现，依稀想见那风是如何撞动了树叶，树叶又如何卷起地上的尘土……风也就似乎发生了变化，不再那么单调，也不再那么无从琢磨……

龟兹乐的形成除依靠荟萃东西文明交通要冲的地理优势外，也有着一段吸收和融合的漫长行程。

绛宾是公元一世纪中叶西域龟兹国的一位国王，他酷爱音乐，是一位能把觱篥演奏得出神入化的人。他同时也是一位很有志向的君主，主张以礼乐治国。

他说："礼乐不兴，国家将亡。"为把国家治理得更好，公元前一世纪，龟兹王已引进中原的鼓、磬、钟、笙、筝、箫等打击乐和管吹乐器。公元四世纪初，龟兹音乐勃兴，至隋唐而极盛，但其音乐文化渊源只能从它的乐器组成中去寻求启示。

这时，乌孙国的一位少女去京都长安学琴路过龟兹国，她手执一柄琵琶，腰肢流淌出水一样的韵律，是磷光也是火焰，是光芒之中舞动的蝴蝶。现在，她在他的视线中出现，在一片温暖的色彩中出现。她的背影让绛宾感到了幸福，好似浮现在他脑际的美好震颤。

她，便是乌孙国的右夫人、著名的汉朝公主解忧的长女，名叫弟史。

其实，在很早以前，龟兹王绛宾就听人说过，乌孙国有一位公主弹得一手好琵琶，这技艺与她的容貌一样动人。绛宾对弟史倾心已久，只是苦于无缘相会。现在，他看见了她。在这之前，所有的时光都是等待。只为等待她的到来。

当弟史站在黄尘漫卷的土路旁，年轻的国王一下子拥有了一个不确定的宇宙。

为了欢迎弟史的到来，年轻的国王特意在王宫中安排了盛况空前的音乐会。

音乐会在龟兹王宫里举行。那是一个有雕廊、有穹顶的大殿，既瑰丽又神秘，带来了一个美妙的音乐之夜。那些著名的龟兹乐师的乐队有箜篌、笙、箫、笛、腰鼓、羯鼓、都昙鼓、铜钹、贝等。乐师们的手势、眼神、身体的姿态以及他们所展示的一切都是美妙的节奏，是神奇自然的天籁，也是来自另一种神秘世界的启示。

弟史沉浸在龟兹乐的遐想里，陶醉在天籁里，她的头颅低垂，眼帘微阖，但她清水般的眼睛仍在随音乐轻盈地舞动，为这美轮美奂的龟兹天宫伎乐，也为这音乐所带来的天地间的万种风情。

在龟兹著名乐师演奏过后，绛宾为弟史亲自演奏龟兹特有的乐器——觱篥。

优美舒缓的旋律，犹如秋风掠过树林，然后是寂静，万籁寂静。仿佛世界上只剩下一种声音，然而这声音如此奇妙，它足以淹没一切空洞的巢穴，但又像活动在神话中的人和动物，在飘忽的旋律中出没隐现。它带着阳光的气息，和一些从未闻到过的异域奇香在身边回旋……

绛宾如此深爱着他们本民族的乐声，这种挚爱之情深深打动了坐在大厅一侧静静凝视他的少女弟史。

一曲终毕，绛宾彬彬有礼地邀请弟史也为他弹奏一曲琵琶。她的出场像是围绕在世界的某个音节，那种无限沉迷的陷入自我抒情世界的音节。她抚住的那柄曲颈琵琶像来自远方的略带忧郁的历史，发出持续的声音，使自己受惊。而她的目光似乎只想用自己的手指抓住那相互碰撞的音节，在自己的体内拥有它。

那只纤细白皙的手，就这样似乎不经意间落在了琴弦上。美妙的旋律，就产生在手与弦的弹指之间，飘逸澄净的音符流淌着，在大厅里发出晶莹透明的回声。

其实，在弟史仪态万方地弹拨着琴弦的时候，绛宾倾慕的眼神从来就没有远离过她。她感觉到了——在短促的令人心跳的呼吸中，她抿嘴微笑。

哦，幸福降临了吗？幸福的时刻因为只是一刹那，让体验到幸福的人们捂住嘴唇，仿佛这样的时刻，要用幸福来保存，保存那灼人的、意外的、动人的幸福。

一个来自异乡的少女的内心就这样被打开了。有如一个古老的爱情就这样被相互碰撞的音符打开。

音乐为媒。弟史就这样被龟兹王留了下来。

没多久，绛宾和弟史便结下百年之好，他们完婚后便一同前往长安，学习音乐。而那象征爱情的乐器觱篥和琵琶也一起被带入了长安。

绛宾和弟史在长安住了一年后才返回西域，绛宾回国后，很快把中原汉朝的礼仪制度推广至龟兹全境。从此以后，龟兹王绛宾与弟史多次入中原，津津乐道汉文化，将中原音乐介绍到西域。

到了唐代，觱篥在中原更广泛地流行。会吹觱篥的人并非少数，不仅男人吹得好，女人也有吹得好的。白居易在《霓裳羽衣舞歌》中记述说："玲珑箜篌谢好筝，陈宠觱篥沈平笙，清弦脆管纤纤手，教得霓裳一曲成。"

天宝十四年(755)爆发的安史之乱，像一双粗鲁的大手陡然熄灭了大唐辉煌的光焰。自此，一个盛世的上空暮色苍茫，一个朝代由盛而衰。

大唐。日落。

我来到库车旧城时是一个傍晚,漆黑的天色中,一阵阵凉风吹到身上。

只是这龟兹古渡在千年之后不再是一个大舞台。但这库车旧城,哪儿又都是舞台。人流之中,黄灯影里,什么都真切实在,也是什么都苍苍若梦, 维吾尔族民居幽凉的小巷里有一种时光停滞之感。走出来端着馕盆的少妇,好似舞台中的人物,她们行走的时候胴体的弧线,峰丘流畅迂回,又像旋律一样,构成一个个隐秘的花园。在龟兹古渡的路口,在人声鼎沸的巴扎上,在沿街馕店的门口,那来来去去的身影和气息都像是用长袖卷起了一股我熟悉的旋律,让我顿觉一曲未了,让我想起"余韵"这个词。

龟兹。余韵。

流月去无声,杏花疏影里,吹笛到天明。

不见倚树到天明的吹笛人,但见龟兹如云的杏花,如雨一般凋落在肩头。

远远望去,这在枝头上堆砌的杏花累累层叠,几乎要弯到泥地里,开成一片被遗弃的花海。而这茂盛的悲凉却是集中在这如云的杏花上的,它盛开的时候也在拼命凋落,此情此景让人不能自持。

我想起,我的手指曾不小心翻到了五代顾闳中所绘《韩熙载夜宴图》中，繁丽精细的工笔，洋洋洒洒流泻下每一个场景：那云霓歌伎绸袖相倚，夜色便更深了一层。

夜饮言欢，歌浓舞艳，艳妆靡丽，而国势兴之未定，伤国之泪在这纸的背后。因而，这华美中的夜宴却有一种伤感和不安在细细灼烧。而时间，对命运中重复的事情从不动容。

这其中的沧桑感慨，却是独自的。

制琴师

吐尔洪对我的惊奇不亚于我对他的。他不明白我为什么一个劲儿地往小本本上写字。这首先要归因于我的那些并不高明的追问。

库木萨克托乡一位村民家的乐器作坊，向我展开了一张木质的平台,平台上有锉刀、剪刀、锤等工具,以及一位维吾尔族小男孩吐尔洪劳作的背影。

我走上前去,问他:“你做的是都塔尔乐器吗？”

“嗯。”他头也不抬地回应了我。

“你多大开始学习做乐器的？学了几年了？”

“嗯。”

“你制作这么一件乐器——哦,做都塔尔得花费几天时间呢？”

小男孩抬起头看了看我:“嗯。”

他少言寡语地继续投入他的小作坊的手工里去，将技艺变成了态度。而他手里的那些工具,正使一种物质变成另一种物质。

“你——叫啥名字？”面对他，我感到有些吃力了。

“嗯。”

我蹲下身，胡乱翻了一下木桌上散乱的弦和大大小小的木块：“这是桑木吗？为啥制琴都得用桑木？桑木制琴有啥好处呢？别的木头制琴为啥就不行呢？得用多长树龄的桑木做琴身呢？”

我开始变得急躁起来。

吐尔洪低垂着眉眼：“嗯。”

然后开始说话，但好像并不是对我说，而像一个人在自言自语。我虽说是土生土长的新疆人，但至今听不懂维吾尔语，那些单词像雨滴一样杂乱交错，并且相互碰撞。

我听不懂，好半天，我一脸茫然，喉咙里挤出一个字：“嗯。”

在他家里，他的爷爷——年近七十岁的马合木提·热合曼说自己六岁开始学做乐器，做了一辈子，他的四个儿子从小跟着他学习做乐器。经他们的制作的乐器不知有多少件。

器物之美的一半是材料之美，材料是天籁，其中浓缩了许多人的智慧所难以预料的神秘因素。要得到适当的材料，必然要沐浴自然的恩泽。

这些手工乐器多用桑木制成。

在马合木提看来，判断一件乐器的好坏是由材料决定的。一件好的乐器，从备料开始就需要精心选择。桑树能长得很粗，树龄也长。用桑木做乐器琴身的好处，就在于它的材质坚硬，而且不会轻易出现裂纹和变形。最重要的，不仅仅是桑木的纹理宽，而且纹理还一道硬，一道软，用这样的桑木做出的乐器，才透音，音质好。用的时间越长，它还会越有光泽，看起来油亮亮的。

用直径在六十厘米左右、成长期为三十年至五十年的桑木做琴身，是最合适不过的。但这样的桑木一般要到和田、莎车等偏远的农村购买。材料好坏从外观上是看不出来的。有时用锯子锯开木材，就会碰到"节眼"。

这些"节眼"都是当树还幼小的时候，有人折了枝条，折了枝条的地方就自然长死，长大后形成了"节眼"，顾客一般是不喜欢像这样带有"节眼"的乐器的。所以，只能改做其他小物件，很可惜。

在我看来，常年守在简陋的手工作坊里的琴匠们并不轻松。因为每件乐器都要付出辛勤和智慧才得以完成，仅以砍削粗料成形为例，就要挥动一种叫"砍砍子"的工具上千次，而制作一把普通的乐器"弹拨尔"，则需要半个月时间。

但制作一件工艺品对工匠该有多么重要！是工匠们在木头上、石头上、金属上、花布上给"耐心"下了定义，然后让他们的耐心和他们的手艺一起流传或失传。

做一件乐器需要选材、切料、打磨毛坯到拼接、装饰、涂料、调音等十几种工序。因为都是纯手工制作，所以每一件乐器的音色都有着细微的差别。没有一件乐器是百分之百相同的。因为是"唯一"的，便让买主生出"拥有"的感觉。

在这些古老的手工艺品身上，我看到了另一种被匿名、被忽略了的激情如何灌注到对象当中，且如此的谦逊——如泰戈尔所说的:“像大海一样谦逊。”

比如我在白桑子手工乐器店看到一把存在于久远年代的都塔尔，琴身的装饰部分用两千多枚黄豆大小的牛骨头镶嵌而成——这只是一件日常生活的器物啊，但每一个细节都被工匠们烦琐而隆重地装点。

拥有和丧失,如同时光硬币的两面,享有它也就是磨损它。

趣味就这么打磨而成,时光就这么被浪费掉。这也许就是工匠们的人生观、价值观。一切都仿佛天经地义。

十二木卡姆

我的头上、身体上,落满了恢宏的土黄色。吐峪沟的麻扎是土黄色的,千佛洞、佛塔等遗迹是土黄色的,无数的古老民居的石阶和葡萄晾房是土黄色的,就连火焰山南的树柏沟、二塘沟、斯尔克甫沟,还有鲁克沁绿洲的东南边缘的库木塔格沙漠都像是土黄色的册页,漫卷在这火焰般的吐鲁番的绿洲内部。

据说,最早生活在七角井山中的尚处于石器时代的人类的祖先,是慢慢到达鲁克沁绿洲的。鲁克沁是突厥语,“居民稠密”的意思。仅鲁克沁绿洲一镇,在他们创造出的深不见底的绿洲文明中,十二木卡姆无疑是王冠上的饰品。

在新疆北部,最古典、最原汁原味的十二木卡姆在鲁克沁。

有一年冬天,“古尔邦”节来临当天,想听”十二木卡姆”的期待,使我们来到吐鲁番这座古老城市的边缘乡镇——鲁克沁。

冬日阳光下,我看到了这些乐器:纳格拉鼓、都塔尔、龙卡琴、唢呐、弹拨尔。乐器可以体现出一个民族隐秘的文化,它将演绎出持续不间断的人类精神方式。

就比如十二木卡姆。我认为,一个地区只会因为把一种潜在的意识化为幻想而产生舞蹈,只会为了确切地把流传已久的神话颂扬而产生舞蹈,只会因为让世界看见自己的影子而产生舞蹈。

而新疆丝绸之路北道的重镇鲁克沁就是这样的一个地区,它以周围亘古的库木塔格沙漠为屏,让这里的人们在世俗生活中,与外部世界达成和谐。

十二木卡姆的演出场所,可以是葡萄架下的一块空地,一块地毯,一块堆积着粮食的打麦场;也可以是在褐色围墙里。所以,十二木卡姆可以在任何不确定的地点和时间里举行。

在欣赏到十二木卡姆之前,我看到一位白须飘飘的维吾尔族老者双膝跪地,正在抚摸他的纳格拉鼓。纳格拉鼓是用牛皮做鼓面,气色如褐、状如上大下小的水桶,它通常有两个鼓配合。

我目不转睛地看着这位抚摸着纳格拉鼓的老人。这是他心爱的乐器,肯定是陪伴了他许多年。时间为这两面鼓敲击出无穷无尽的旋律,鼓面的边缘已经磨损。如果丢弃了这陪伴他多年的纳格拉鼓,他的心就会忘记任何音符,他的手也不可能弹奏出心灵的旋律。他心中的旋律早已在这两只古老的纳格拉鼓上荡漾。

他甚至再也不可能找到这虚幻的复制品。如果丢弃了它,那么,他对时光的感觉将会失去源泉。

“咚——吧吧,咚吧。”

“咚——吧吧,咚吧。”

在纳格拉鼓激烈的鼓声中，几位维吾尔族老艺人走到台前。从演出装束来看，他们毫无修饰，也就是很普通的百姓服装——大棉氅。这么热的天，他们又在鞋子外边套了一层毡靴，真是“土”到家了。

在萨塔尔的伴奏下，老艺人径自轻声演唱，先是一段散板，缥缈的声音有如天籁。演唱的过程中始终双眼紧闭，这个正在演唱的老人，他一生中所梦见的所有旋律都已在萨塔尔弦子的颤动中表现为相逢、约会、别离、祝福，表现为雪山、河流、家园，以及季节的变迁。在这优美的歌词中，找到一切古老的起源。

他紧闭着双眼，似在祈祷，犹入幻境。

然后，达甫(手鼓)进场了。这意味着上板，几位艺人每人演奏一件乐器，并且唱了起来，他们的演唱全身心地投入，并不在乎是否有人在听，是否欣赏，沙哑的歌喉挟带着沙石的激流……

然后，老人的弦子拉响，年轻人的弦子拉响，古老的弦子和新的弦子之间相互碰撞，一起流淌。

一曲终罢，当乐声再起时，只见两位长者放下手中的乐器，来到舞者中间，和着纳格拉鼓与唢呐激越、悠扬的声音跳了起来，节奏加快，舞姿随之变化多端。

看，他们的肢体在模仿着种种鸟兽的动作，显然是相互竞技，这舞姿来源于劳动者的姿态，来源于动物飞翔或行走时的姿态。你模仿这一种鸟兽，我就专找其克星，你来我往，甚是好看。一切的舞姿就是让我们的肉体和灵魂脱颖而出，跳到兴致处，一位维吾尔族舞者猛一抬腿,将毡靴猛地甩出——另一位老者也不示弱,台上台下,有应有和,一片疯狂。

然后,手鼓齐鸣,在许多弦子发出的旋律中,许许多多的维吾尔族舞者离开了自己的座位上场了,有男有女,有老人有小孩。

舞者们带着笑容,我在鲁克沁歌舞的世界中看到的都是笑容。笑容是一个有音乐、有激情、有梦想存在的表现。

是的, 十二木卡姆跳到了最后——就是场面欢腾热烈的麦西莱甫。麦西莱甫是以歌带舞、既歌又舞的乐舞形式,是集体舞。所有的麦西莱甫都是一场集体歌舞。男人和女人在围起来的圆圈中,旋转着跳舞。脚踏处,烟尘腾起。无限的欢乐,无限的伤感,无限的幻想。那么多的维吾尔族人,甩着他们古老的、年轻的、彩色的衣袖,一起旋转着跳麦西莱甫。

这就是马可·奥勒利乌斯所说的:“所有的东西都在旋转。而且都在同一道上旋转。”

舞者们旋转的力量瞬间感动了我, 并撼动了静止不动的每一座时钟。在飞扬的尘土中,他们那无限的快乐,被我看见。

艺人

吐鲁番的木卡姆与喀什、和田、库车的十二木卡姆相比，多了一层保留远古游牧民族习俗的文化特征。来这里，我想听一听纯粹的木卡姆演唱，一定是要那种原生态的、纯粹的人声。

可当地人说，在鲁克沁镇，真正会唱木卡姆的艺人也就那么几个，要找一个像样点的木卡姆艺人不是那么容易了，换句话说，随便走进鲁克沁镇的任何一个乡里，如果不是节日，想要一个木卡姆艺人随便开口就唱，也是一件不容易的事情。

可我不信，我是真的想听到更天然更刻骨的吐鲁番十二木卡姆。

他们说，那就去找鲁克沁镇文化站的站长依则孜·尼亚孜。他七十多岁了，唱了一辈子的木卡姆。他的家离这儿不远。有多远？三公里多，那个地方就叫三个桥村。

我说，我在报刊上、电视上见过他。在当地，人人都知道他。

一路上，车掀起土，黄尘滚滚，又包围了车，但还是能看到村民们家彩门的图案。都是花，都是鸟，色彩拙朴大胆，如孩童信手所画。车子一路开过去，像是走在一条流动的彩色画廊。我原以为，鲁克沁的彩门是村民自己画上去的，一打听，说大多是在吐鲁番一带游走的画匠画上去的。

此刻，一架无人照看的毛驴车横在一条巷道中间。司机停住车等它好一会儿了，可它还赖着不走。司机说："咋？你舒坦够了没有？"

这时，巷口飞快跑来一位少年，使劲地牵着驴往墙根靠，给车让路。

这位少年听说我们要找依则孜唱木卡姆，笑着说："他唱得好，嗓子劲大。"

依则孜家的院子打扫得干干净净的，还洒了好多水。车还没停稳，他就迎了出来。还是我三年前见过的样子：沉默，拘束。脸上明显地留着日照和风沙的痕迹，狭长脸高鼻梁，目光炯炯。可一唱起木卡姆，就不一样了。

我盯着墙上看。一柄艾捷克琴在昏暗的屋子里弯曲着线条。

我说想听依则孜唱木卡姆。一段也行。

我把这个想法给依则孜说了。他看了我一眼，还是很拘束的样子。过了一会儿，他出去了。回屋子的时候，他拿了几个水淋淋的苹果回来，胳膊上还挂着一个鼓鼓的布提兜。

我问他："啥时候唱呢？"

他只是笑，完全回避唱木卡姆的话题。

他慢慢地翻开布兜，把一个个硬皮的获奖证书和奖杯摆在热炕上,指了下我手中的相机,让我“照一下”。

县上来的干部在一旁,很适时地向我解释:他是一个很爱惜名誉的艺人。

我按他的意思做了,“照”了还不止一下。

他又抱过来几大本的影集，里面大部分是他参加各种演出的舞台照。还有一些是他两年前去英国参加艺术节,受到英国女王的接见,和在伦敦游玩的照片。挤在一大群人的中间,他还是生活中的老样子,看人的目光冷淡、拘束,一点都不像他在舞台上的样子。

他后来对我说,他的嗓子发炎了,今天不“干活”了。意思是他今天不能唱了。

我表示理解,让他在我这么一个陌生人面前唱木卡姆,就像让一位诗人突然当众写诗一样,肯定不行。你可以进他家的葡萄地吃葡萄,上他家的热炕吃点心什么的,但是,别想轻易地让他开口给你唱歌。我甚至觉得,即便是他今天嗓子“干活”了,给我唱了,恐怕也不会把真东西唱出来。

后来,我在麦盖提县,问过一位刀郎木卡姆艺人,他们都是什么时候唱木卡姆。他一脸迷惑:“什么时候?拉柴的时候,给棉花浇水的时候,高兴的时候,寂寞的时候,结婚的时候……热瓦甫是自己的,嘴巴是自己的,哈勒麻斯(指所有、全部)的‘时候’都唱。”

有个人曾经打过这样的比喻:真正的好树,农民会把它们栽在自家的院子里,真正的歌也要在空无一人的野地里唱给自己听。

就像好多年前，我在南疆听过一位木卡姆艺人唱过的一支曲子那样——

> 睡吧,孩子,你身上没有裤子,
> 给你做吧没有布。
> 布放在房顶上,
> 月亮出来了,睡吧孩子,睡吧,
> 你爸爸木沙回来了,睡吧孩子,睡吧。

一时间,我听到了风声、雨声、雷声、庄稼的拔节声、河水的流淌声……那是真正的天籁之音呀。

佛窟裸女

当女人的裸体被画家们画得一无可画之后，也就是说，已不再是美术史上的一个题目，这时，我看到了龟兹石窟壁画上的裸女。

古龟兹国好佛，有西域佛国之称。《晋书·西戎传》中说其都城："龟兹国……有城郭，其城三重，中有佛塔，庙千所。"

受佛教影响，新疆的石窟开凿于公元三世纪左右。石窟壁画上的内容是讲佛生前之事，说的是释迦牟尼佛在成佛之前生死轮回界的难行苦劫，无数次牺牲为善的故事。像"舍身饲虎""割肉喂鹰"等依据佛经因缘说教故事绘的因缘故事画，以它的宁静、泰然，在龟兹石窟一个个菱形格中层叠向上，直指苍穹，俯视着人世间的世俗风云……

但，最早对龟兹石窟的壁画产生兴趣，并不是因为它太有名了，而是因为"画中人"——我说的是"裸女"。

也许，肃穆的佛国过于清静，我更喜欢看龟兹壁画中裸舞的伎乐天人，她们出胯、扭腰，身敷彩妆和披纱在洞窟里飞来飞去，给静穆的佛国带来些许活泼的人间气。因了她们,那些由于雨漏和风蚀日照变得陈旧而色彩斑驳的壁画开始活跃起来。

推崇裸体美,是希腊文化的一个因素。希腊人认为,裸体可以把人的有机体的美感充分表现出来,而完美的心灵只能寄寓在强健的体魄中。南亚的印度地处热带,人们有着半裸露的习俗,反映古代印度绘画或雕刻中的神,如树神、夜叉等也都是半裸露的形象。接受了印度、希腊文化影响的龟兹国,其壁画题材中采用了许多裸体或半裸体的艺术形象,无一例外有着这类艺术的渊源。

不过,龟兹崇尚裸女形象也是有社会原因的。《晋书》和《魏书》中都曾记载龟兹"俗性多淫,置女市"的史实。当时的大德高僧又有娶妻纳伎的时尚。由于有这样的社会环境和时代风尚,龟兹壁画中大绘裸体或半裸体的画是很自然的事。

说起来,我并不觉得这些龟兹壁画中的裸女特别美,但也绝对不丑。她们是一群个体,而非单个。

多少年来,当女性的身体被描绘得更加粗俗、猥亵和放肆时,这些永远有着年轻的肌肤和腰身的裸体的伎乐天人,有的手持乐器演奏,有的手捧花冠翩翩起舞,有的手持供品飘荡在极乐世界的天空中,在佛教的世界中表达对佛的礼赞。她们的眼睛无一例外柔和着梦一样的温柔。精神的虚无和肉体的实在,和谐地统一在她们身上。线的平和节奏,宽大均匀的色块,使观者体会到一种澄澈的宗教感。

这些面庞圆润、体态平滑饱满的裸体舞伎形象给观者一种切肤的丰满和温暖之感,使人要在心灵上无限地趋近她们,她们扎实地钉在热闹纷纭的背景之间,而并不使人畏惧。那胸前两个夸张的球状物似乎与画匠们的兴趣相仿。在这一点上,他们都似乎变得坦率起来。

——她们是温柔的,而不是滥情的;是纯洁的,而不是浪漫的。舞者多为肤色各异的一男一女,有的手臂搭在裸女肩上,有的搂着裸女的脖子,有的甚至手搭在裸女的胸部。

但是她们的表情无一不细腻温柔,既是情感上的,也是色彩上的,不是来自外界的关怀,而是出于女性自身的本能。她们自在,高兴如此,多少有些目中无人似的,看不出幸福,快乐与她们总隔着一层。烦恼也未必可知。谁知道呢。

在许多的菱形格画中, 她们的身体就这样被另一双异性的大手抚摸着。这抚摸也并非廉价之物,他的手放在她温暖的乳房上,与这丰满而有弹性质感的女人互为依托。

这些身体赤裸的伎乐天人,皆弹奏着弓形箜篌,目光流转与之侧身耳语。她们在说什么,这几千年来的窃窃私语我听不见。她们的身材粗壮而沉重,无不是结合了最极致、最世俗同时也是最不可能实现的东西,目光似乎回避着与我们的接触,或闭着眼睛,仿佛已经睡去;或目光空洞茫然,心不在焉,但是往往摆出最勾人魂魄的姿态——身体呈S形,臀部迷人地翘起。

换句话说,这也是充满了画匠们自己的梦境而已。几千年了,她们置身于金碧辉煌的菱形图案中，被不可思议地装饰着，她们本身也就成了不可思议的装饰物，与观者遥遥相望。仿佛被深深禁锢着，仿佛那些璎珞、那些飘饰都不能使她们轻盈。

当一道道光线遮遮掩掩而又抚爱地为她们的轮廓镀上一层虚幻的金色之衣，一种诱人的裸体的风暴在普遍丧失。丧失了破坏性。那种和平安详的秩序像一种宗教，正高于我们这个世界的秩序。而这秩序是如此的不可企及，从而有着绝望的美感。

看过了一遍后，感觉龟兹裸画都是这个样子，脸上有一种耽于享乐的气息，这多少是她们的期许。即将面临的险境似乎于她们无涉。所以，她们在这里孤独了无常岁月，从一个梦正走进另一个梦，但至今未走出菱形格的画框。

我最喜欢的龟兹裸女壁画只有一幅——吉祥慧女裸体像。这幅壁画出自龟兹克孜尔84窟，现藏德国柏林。这有着丰腴健硕双乳的裸女呈睡卧姿态，闭目锁眉。她健康肉体的质感无可挑剔，脸上有一种倦怠和慵懒的神情，但细细一看，却是一种深藏的忧郁——那是一种和她所置身的环境，与龟兹佛国的树、花果、空茫的山谷、天空……一样有着广大深厚而宁静的忧郁。那行于龟兹山川和端坐云端的、听法和辩经的、驮物和表演的祈念声、行云流水声、锣声、号声、舞步声、辩经声……一代一代风云流转，生命失落早已转世轮回他乡，好像绚丽的烟花过后，给了天空一个空茫无尽的眼神。

现在，从洞窟外的光线射进来一缕反光。我太迷恋这种光了。

时间、光、阴影……在这刺目的光线中，我说：“一个在阳光下的影子里面的谜要比过去、现在和未来一切宗教的谜更多。”

恍惚中，我看见了龟兹石窟中走下来的吉祥慧女。她不再是裸体的。阳光给她穿上了衣服。

她是佛。

秦尼巴克

十九世纪的喀什噶尔是什么样子的？

站在人声喧哗的新疆喀什街头，我想起瑞典的东方学家贡纳尔·雅林曾这样描述过当年的他所看过的喀什噶尔："那时的喀什噶尔如同现代回到中世纪，回到拍摄电影《一千零一夜》所设置的场景中。"

在那个年代，喀什噶尔城被大约十米高的结实的城墙环绕着，城墙是用晒干的土块加上填满土块缝之间的泥修筑成的，城墙顶部很宽，足以行驶一辆两轮马车，城墙里的人与外界的沟通是通过五个巨大的城门进行的，城门暮闭晓开。城里有各种各样的巴扎，还有富人和穷人住的房子。中国政权机构在城外，同时在城外的还有英国和俄国领事馆、瑞典传教团以及它开设的医院及其他福利机构。

城外绿茵处处，阳光灿烂，而在城里却总是半明半暗……

那时的喀什噶尔，没有电灯照亮那些巴扎附近黑暗、狭窄的街道,喀什噶尔没有报纸,更没有印刷的书籍——苍眉鹤发的维吾尔族文书抄写人双腿盘坐,用整洁的阿拉伯字母抄写手稿。

大街上到处都是运水的人,当地人背着绵羊或山羊皮做的盛放水的容器,弓着虾米一样的身子缓慢走过昏暗的街道,平顶屋的黄土房顶上,染匠把一股又一股的纱线挂在了杆子上,把他们占据的那一部分巴扎刷成了红、黄、蓝和绿色,而这些色彩明快的颜色又东一块西一条地出现在他们的衣服上。

狭窄的小巷子里到处都是不同民族的人流,有钱人骑着气度不凡的马,马鞍子上蒙着图案精美的毯子,在熙来攘往的人群中穿梭而过。临近黄昏的时候,油灯把飘忽不定的灯光洒向那些在幽深的巷子里移动的身影上,昏黄的光线中有颗粒细小的尘土在飘浮。

这个时候,可以听到从一座座低矮的房子里传出模糊的人声和音乐声——那是由两根弦的都塔尔奏出的美妙琴声,还有维吾尔族民歌声,时高时低,和琴声和谐地交织在一起,有时会突然长久地停顿下来,然后琴声又起。越来越暗的巷道里弥漫着烟熏的气息,温和的夜晚的气息……

在很长的一段时间里,在相当多的不安分的探险家和商贾的心目中,中亚腹地的喀什噶尔是神秘诱人的。在电报和飞机发明之前,这个用土城墙围起的地方,同时也是地球上少有的外国人难以进入的异域城邦之一。

外国人难以到达喀什噶尔,不仅仅因为它靠近俄国边境,政治上很敏感,而且也因为它位于环境恶劣的蛮荒之地。而这些外国人,在路上经历了几个月、一年或更长的时间,在历经了千辛万苦、突破了帕米尔群山和喀喇昆仑峰峦的羁绊抵达了喀什噶尔后,喀什噶尔的色彩气息,喀什噶尔的神秘诱人、古朴率真……像抒情诗,像民间歌谣,会让每一个到过这里的人有一种终身难以忘怀的喀什噶尔情结。

这其中,有两位外国女人对喀什噶尔的回忆不可替代,那就是我下面将要说到的秦尼巴克(中国花园)的女主人,即两位来自英国的外交官夫人。这位在英国土生土长的“小家碧玉”作为英国第一任驻喀什噶尔领事馆的外交官夫人,随丈夫马嘎特尼来到喀什,在这里生活了十七年之久。

在当时的特殊背景下,她的经历绝不是一般妇女所能够体验的。

后来,她写下了《外交官夫人的回忆》。

另一位是戴安娜·西普顿,作为英国驻喀什噶尔总领事馆的最后一位外交官夫人,她随丈夫在秦尼巴克驻留过,同样也带着伴随终身的喀什噶尔情结,在自己的回忆录《古老的土地》中,为喀什噶尔设置了专门的章节,引领我们去品味喀什噶尔弥漫在中世纪的古朴和情调。

透过时间的重重屏障,这两位外国女人的回忆,给了我一双重新探寻历史、探寻这座著名的往日之城的眼睛。

秦尼巴克是一个中西合璧的词,即“中国花园”。“秦尼”是英文CHINA(中国)的译音,“巴克”在维吾尔文中是“花园”的意思。

秦尼巴克的称谓，肇源于十九世纪末英国驻喀什总领事馆的设置。为在亚洲取得政治和经济上的主导权,英帝国与沙皇俄国一直进行着漫长而又扑朔迷离的争斗,看到俄国人抢先下手,英国人强烈地感到了自己的落后，也紧跟着在喀什噶尔建立了自己的领事馆，秦尼巴克就是喀什噶尔当局安排给英领事馆员代表居住的地方。

乔治·马嘎特尼则是英属政府派往喀什噶尔的第一位官员。

马嘎特尼有一个不寻常的家庭背景，他的父亲是英国来华的传教士,苏格兰人,他的母亲则是一个出身于名门望族的中国人。十岁之前,马嘎特尼一直生活在中国的南京,这个背景使马嘎特尼精通汉语,他还有一个中国名字:马继业。

1890年,二十四岁的马嘎特尼与比他年长两岁的英国军官、中亚的探险家弗朗西斯·扬哈斯本一起来到喀什噶尔。

当时新疆喀什噶尔的2月还是一个天气灰蒙蒙的月份，春天的开始意味着大地冰雪的融化,狭窄的道路和街道肮脏不堪,到处是坑坑洼洼,泥泞一片。当他俩站在热闹嘈杂的喀什噶尔街头,看见白杨树下成群的乞丐吵嚷着向路人们乞求施舍，古老破旧的街区两边都是手工匠人，一个卖馕人盘腿坐在一堆堆疙瘩馕和马克馕中,一队骆驼缓步走向巴扎最偏远的角落……

这位来自英国爵士家庭的乔治·马嘎特尼恐怕做梦也没有想到,自己会在这个世界上离海洋最远的、到处是苍蝇的城市一住就是二十八年,在这里度过了他一生事业的全部年华。

起初,马嘎特尼的身份是英国驻喀什噶尔代表,1912 年成为总领事,1913 年被封为爵士。

马嘎特尼刚来喀什噶尔的那段时间里，他的日常工作就是照管在喀什噶尔及中国新疆其他地方的英籍印度属民。平时除了与一个喜欢私自酿酒和对着空旷四壁布道的古怪荷兰神父交往之外,几乎没什么朋友。

终于,在八年后的一天,马嘎特尼没有通知任何家人,出人意料地从喀什噶尔赶回了英国，和与他从小一起长大的英国女孩凯瑟琳结了婚。在这之前,他们已订婚两年。

凯瑟琳长得什么样,我想象着,她一定长着长而微卷的金黄色头发,灰褐色的眼睛沉静而温柔,遇到对方火辣辣的目光时,她总是把眼睛低垂下来,让浓密的头发将它们遮掩。但她又是一个喜欢伦勃朗的小说、对爱情和未来生活充满无限幻想的女孩。

她说:“在许多年前的一个早秋的上午,我正在厨房里做点心,那一年我才二十一岁，还是一个姑娘，我的未婚夫在喀什噶尔任职,我知道这一点,我未来的生活注定要在中亚的荒僻之地度过。

所以，现在我极其认真地学习做那些在那个遥远封闭的地方或许对我有用处的各种各样的事情……

“在厨房里，虽然我的双手忙着搅鸡蛋，但思绪早已飞向了喀什噶尔……”

凯瑟琳与马嘎特尼结婚后，他俩便告别了英国，踏上了充满冒险色彩的旅行。这对于凯瑟琳这样一个认为自己是世上最腼腆、最没有冒险精神的女孩来说，的确是一次了不起的冒险旅程。

因为在这之前，凯瑟琳从没有走出自己为传统包裹得严严实实的家庭一步，更没有要去周游世界的想法，一丁点儿都没有。除了会做点心，她说自己并不具备要过一种探险先驱者生活的任何条件和素质。

一路上，他们穿越了广袤的俄国和俄领中亚，广阔原野上疾驰的俄国邮车、驿站，中亚大铁路沿途的小镇，巴库迷人的夜景，无尽的天涯孤旅以及由冰山融雪滋润的边境城市奥什……这让凯瑟琳平静如水的生活一下子完全变了样。

最后，凯瑟琳和丈夫一行在翻越通往天山的唯一通道——铁列克达坂后，在大山顶上，看到了气象万千、壮观无比的雪峰。放眼望去，在灿烂阳光的照射下，阳光使冰川表面变成了一面面巨大而锋利的镜子，切出一片片蓝色的阴影——她一生中从来没有梦想过的景色在这里出现了。

我想象凯瑟琳一定像被魔法镇住一样，心灵产生了强烈震撼。

“多么美丽呀。”她喃喃自语道。

仆人问道：“什么是美丽的？”

凯瑟琳回答：“这一切的一切。”

这一路漫长的旅程中，他们患难与共，相敬如宾，注定了这个认为自己最没有冒险精神的女孩未来的生活要和心上人在喀什噶尔的秦尼巴克共同度过整整十七年的漫长时光。

刚到喀什噶尔时，南疆奇妙的风土人情无不令凯瑟琳感到惊奇。

她着迷地看克孜尔河对面的染匠们把一条条染好的五颜六色的棉布漂洗在河水中，然后又旗帜一样地挂在房顶。喀什噶尔的大街上人来人往，每个行人不是在吆喝，而是在喊叫，喧闹中不时地传来一阵长长的奇特声调。

克孜尔河边各处磨坊的主人们憋足了劲吹羊角，召唤更多的人到他们那里去磨面。由马匹和骆驼组成的驼队，驮着捆得硬实的大棉花包在人群中穿行。驼铃清脆悦耳，使她总想起英国星期日清晨教堂那叮当作响的铃声。她闭起眼睛，似乎感到自己就在英国的家中……

她甚至设法从英国带去了一台小钢琴，经俄国运到了喀什噶尔。

慢慢地，在秦尼巴克这座古朴的、具有欧洲风格的房子里，凯瑟琳以一个女人的精细，把丈夫和亨德里克斯神父蜗居的有点像修道院的住处改造成了一个家，一个像英国人生活起居的家……

据说，秦尼巴克即英驻喀什噶尔总领事馆的建筑图纸是请瑞典人豪格伯格设计的。

豪格伯格是一个奇才,他是瑞典传教团在喀什的传教士,白天在医院为人做手术,晚上用维吾尔语布道,他还擅长建筑设计。

1912年,在北关今喀什市色满路中段的一片高台之地兴建正规领馆。在这之前,英国驻喀什总领事馆暂设在喀什噶尔回城(今喀什市)北关城门外,租用民房办公。马嘎特尼本人任工程监督,由喀什工匠修造，木材选自喀什噶尔不同地区，砖块在当地精心烧制,室内的装修材料和家具,也是从欧洲陆续购买,然后运到喀什的。

这个光占地面积就达五十亩的英领馆几乎全是平房结构,他们在花园里高低两处种上了各种各样的果树、蔬菜,又在本地的果树上嫁接了英国的菜果、梨、梅子、樱桃等;低处的花园里郁郁葱葱地长满了柳树、榆树、白杨树,还有一种喀什噶尔本地的树——吉格达尔(沙枣),并在房子的一侧铺满葡萄藤……使这个被凯瑟琳称为“像个小村子”的秦尼巴克置身于名副其实的“中国花园”中。

那个年代,正是外国人到新疆探险、考察的鼎盛时期,当这些“不安分”的人走出了“生命的禁区”,突破了帕米尔群山和喀喇昆仑峰峦的羁绊,抵达了红尘的第一个通衢大邑——喀什噶尔时,这些来新疆旅行探险的人,无论他们来自哪一个国家,都在自己的著作中记录下了秦尼巴克这个天涯孤旅之家给他们留下的印象及他们在那里受到欢迎、款待的情景。

探险家扬哈斯本及斯文·赫定曾多次来到喀什噶尔，他们在异乡的最大消遣，就是到马嘎特尼的住处去看望他和他的家人，每次来他们都暂住在这个喀什噶尔城墙前面的秦尼巴克中。

斯文·赫定在他的回忆中曾有这样一个细节：

> 天刚擦黑时，城墙突然出现在我眼前……沙迪克阿洪带着我们沿着一条白杨成行的林荫小道继续向前，马嘎特尼先生的住所外面大门上的一盏灯笼指引着我们，那里将是我今后几周里的一个家。
>
> 虽然我迟到了很久，但却在主人的意料之中。当我下马从宽敞的庭院走向平台式的花园时，受到马继业(马嘎特尼)和夫人最热忱的欢迎。和花园毗连的舒适的客房正等着我的到来，更衣洗漱之后，我来到餐厅和主人们欢叙，每一种奢华舒适的享受都使我误以为身处于远离亚洲心脏地区的一个英国家庭中……

有人曾把上海比作“冒险家的乐园”，但在中世纪十九世纪的后半期，中国中亚的喀什噶尔则是探险家们梦寐以求的“桃花源”，不满足于蝇头小利的商贾的“香格里拉”。

但在那个年代，这个“世界上离海洋最远的城市”无疑是极其封闭的。这座城市多少世纪以来一直保持着老样子，它的街道，它的巴扎,都古风依旧。人们的衣食住行,与他们的祖先相比,并没有多大的变化,而探险家们到喀什噶尔的旅行方式,也和马可·波罗在十三世纪到忽必烈汗王廷时路过这一带的方式一样。

当地居民也很少见到外国人,瑞典的东方学家贡纳尔·雅林曾说过这样一件事:他来喀什噶尔进行突厥语的考察和研究时,哪知当地人一见这个外国人,一个个奔走相告,马上,在他的住处挤满了一大群好奇的人,他们千方百计从他住的房间门缝里饶有兴趣地瞧他。有人还爬上屋顶,想从天窗里看个究竟。当他动身前往萨图克布格拉汗陵时,他的身后竟跟着一大群人数不断增加的旁观者。当地人像看一个怪物一样跟着他,老人高举着孙子以便看清楚这个陌生人,人群中还有步履不便的跛子……

贡纳尔·雅林苦笑着说:"天知道这些当地人对外国人的兴趣会这么大,最简单的答案是,这个地区的外部世界如此隔绝。但,这个答案够吗?"

凯瑟琳刚到喀什噶尔的时候,也遇到了被当地人围观的场面。当她走进巴扎后,热闹就出现了,她的周围挤满了一群又一群的人,女人和孩子们竭力想要摸摸她穿的外衣和其他衣服,而且目不转睛地盯着她的脸,直到最后被围得水泄不通,想动也动不了。围观的当地人倒并不是仇视他们,而是好奇,而且竭力想知道她是谁……

凯瑟琳说:"时隔十七年后,在我永远地告别喀什噶尔之前,我可以单独地逛巴扎了,巴扎上的人很少再有人注意我了,因为那时候,在这里的欧洲女人对当地人来说,已经是司空见惯了。”

更重要的是,这个城市发生了很大的变化:一队队商队从俄国运来了衣料、日用品、各种器具、家具、糖、面粉,富有的商人们开始修建具有欧洲风格的房子,开始使用桌椅,最让人不可思议的是,在巴扎上,居然还见到了被称为奢侈品的玻璃和辛格牌缝纫机……

这似乎是一个新时代来临的信号,也是喀什噶尔很快现代化的标志,尽管这暂时仅仅是一种迹象而已。

在那个年代,喀什噶尔固然有新疆历史上风云变幻的一瞥,但现在,那些恩怨旧债早已成了历史的一部分。外交使节、商人、探险家、各国学者、传教士纷纷在这里去了又来,留下了异国的色彩、气息和痕迹,但也不可否认的是,中世纪的喀什噶尔在历史上也有其开放的一面——

凯瑟琳回忆起她在喀什噶尔的一次圣诞节。她说现在,在喀什噶尔的外国人的圈子是一个大杂烩,也是一个世界大家庭,“当我们收到了请柬来到俄领事馆参加圣诞节的庆祝活动时,人们围着圣诞树跳舞、唱圣歌,这些曲调大家都熟悉,但每个人都在用自己的语言唱它们,在圣诞晚餐的桌子四周,人们用八种语言交谈着——俄语、英语、瑞典语、法语、汉语、维吾尔语、印地语和波斯语……”

凯瑟琳在喀什噶尔驻留了十七年之久，在那些来去匆匆的外国人当中,谁能比她生活得更为长久?

在她的目光中，这座古老城市的一切多少个世纪以来一直保持着老样子:古老的城门暮闭晓开,晚上九点钟,遥远的城外响起轰轰的两声炮响,这是关城门的信号。在城门开合的短暂瞬间里,露出里面寂静的土房、果树和骆驼迟缓的背影,它们被一个正向城门外探询的孩童的脸所遮蔽,又复归于铁门之后,那些家住城外来不及赶回去的人只得在城门外厚厚的城墙下待上一晚。

铺着鲜艳花毯的驴车缓慢地穿行在泥泞不堪的土路上，那笨拙的动作里含有来自遥远时间里的力量。驴蹄的踢踏溅起的灰渣飞溅到行人身上,车夫的面孔汇聚了以往一生累积的皱纹,像枯树的表皮,像一些不便言告的私语一样离我越来越近又越来越远……

身躯瘦小的孩童匆匆走在返城的路上,黄昏如此安静,在他的前方,城门即将关闭,高耸的围墙被多少年代的日光晒透。喀什噶尔的巴扎、小巷半明半暗,每一条小巷,都有在白杨树枝上覆盖用树条、树枝和草搭起的顶棚,太阳光照不进这些小巷子,但处处有阳光从顶棚的缝隙中斜射下来。

在飘浮着细小尘土的光线中,缕缕浅蓝色的烟,它们来自街道两边手工艺人的铺子,来自食品市场的炉火,来自人们抽的烟和一种印度大麻,来自四季轮回给人的虚幻感。

各种各样的气味混合在一起,都让她想起喀什噶尔。

俄国革命爆发后不久,革命的浪潮席卷中国,马嘎特尼被派往布尔什维克统治的俄领中亚地区执行公务。

这是他最后一次到这个地区。

在凯瑟琳即将离开喀什噶尔的时候，喀什噶尔这座古老的城市也在发生着巨大的变化,许多外国人及传教士都离开了,连同他们开的医院也都相继关闭。

凯瑟琳即将离开的时候,她无限伤感地回忆说:

> 尽管别人怎样来来去去,换来换去,而我们似乎命中注定,好像这里大名鼎鼎的克孜尔河水,一直流淌在这里,好像永远不会离开似的。
>
> 我永远忘不了喀什噶尔的那些夏天的傍晚，夕阳西下，美丽异常,整个大地都沐浴在金色的暮霭中。暮色越来越深，直到夕阳坠入群山之后,整个天空一片橘红,夜幕完全降临它才慢慢褪去;天空中飘散着花香,回荡着蛙声和蟋蟀声交织而成的音乐,远处,巴扎上人们弹奏着乐器,他们的歌声断续传入耳际,就是在这个时候,你会体验到乡村生活的真谛。
>
> 一旦体验到它,永世不会忘记。

如果说马嘎特尼是英国驻喀什噶尔第一任职业外交官，那么艾瑞克·西普顿则是关闭秦尼巴克总领事馆的人。

开创和终结,都有他们的大背景和小环境。

西普顿于1946年至1948年出任英国驻喀什噶尔总领事，1948年秋，他同妻子戴安娜·西普顿一同赴任。

那是10月的一天，英国驻喀什噶尔领事馆秦尼巴克迎来了它的最后一位女主人：戴安娜·西普顿。

那天夜里，大约九点左右，在昏暗的夜色中我们隐隐约约地看到了喀什噶尔的高大的城墙。城门为我们打开了，我们的车开进了城，巴扎上一盏盏小油灯在我们的周围闪烁着，很难让人相信我们已经到达了喀什噶尔，而且进入了这座我们梦寐以求的古城。

这一切简直就像一场梦……

西普顿和马嘎特尼有一个明显的区别，那就是西普顿不是职业外交官，而是一位执着的登山家、猎人和探险家。这一点上，他和妻子戴安娜可谓是志同道合。

戴安娜·西普顿作为秦尼巴克最后一任外交官夫人，她和秦尼巴克第一位女主人，即那位自称是世上最腼腆、最没有冒险精神，为传统包裹严实的凯瑟琳有着明显的区别。戴安娜·西普顿说，在自己还很年轻的时候，旅行就成为她生活的一部分。1917年，她出生于印度，她的父亲那时是印度政府的林务官。童年的大部分时间，她都是在印度联合省的丛林中度过的。

那时候，丛林中几乎没有现成的路，她骑着大象，在丛林里漫游,就住在帐篷之中。因此,作为家的帐篷,刚刚搭好没几天,又被拆掉,再在另一个地方搭起来,这种生活虽然单调,有点游牧人的味道,但是过了几年,她就意识到这种漂泊不定的生活是多么的与众不同。浪迹萍踪,寄身于帐篷,碰不着商店,见不到教堂,更看不到柏油路和来来往往的车辆。只有父亲、仆人,只有大象和狗。

这一切都如此熟悉,如此令人感到安全可靠……

我一直对这种经历,这种人生,感到神往。

她的叙述让我又一次地想到她走过的崇山峻岭, 她的侧面和背影。那时,她一直穿行在遮天蔽日的森林里,大头鞋上沾满了厚重的泥水和草叶的气息。为了寻找前方的道路,她在猛烈的风或炙人的烈日中,不断地用长柄刀劈开枝蔓的牵扯。

她用身体去历险,那种旁人无法理解的不寻常的体验,像一次写作的开始,一种生活的开始。

从童年开始,她心目中的英雄就一直是那些“女士探险家”。人们也正是用这样的名称,来称呼诸如伊莎贝拉·伯德、玛丽·金斯利以及弗雷娅·斯达尔克这些女探险家。在印度,她也发现了这样的英雄,他们就是那些攀登在印度北部高山峻岭的男人。

她如饥似渴地阅读描写他们试图征服珠穆朗玛峰的壮举的书籍,直到有一天她遇到了艾瑞克·西普顿。他是她读过有关珠穆朗玛峰探险读物中描写的英雄之一。

1942 年,戴安娜与西普顿结了婚。

第二次世界大战开始了，欧洲烽烟骤起，艾瑞克·西普顿带着他的探险队返回印度，加入了英国军队，但不久，他就被任命为英国驻中国新疆喀什噶尔的总领事。1946年，戴安娜因向往这个陌生而多山的地区，便随丈夫艾瑞克·西普顿历经三个月的漫长跋涉来到喀什噶尔。

眼下驻喀什噶尔领事馆的这座房子，是1913年重新改造修建的，其外观和舒适程度，比起凯瑟琳夫人刚到喀什噶尔时住的房子不知要好多少倍。新领事馆的四周修起了高高的围墙，主建筑仍然是平房，带有凉台，所不同的是增加了塔楼。塔楼俯瞰着花园，因为楼层比较高，从那里可以俯视四周田野的景色，还能够看到帕米尔高原壮丽的崇山峻岭。院内精心种植了洋槐树，形成了一条条林荫道。

对他们俩而言，到达喀什噶尔就像是一场梦似的。住在总领事馆的宽敞、舒适的房子里，戴安娜并不想整天沉溺于一种毫无想象的，而且尽是居家过日子的环境中。

对她来说，能够身临其境地看一看“世界上离海洋最远的这一个角落”，无疑是一个难得的机会。

她并不想失去对身边事物的新鲜感，只想保留住自己对这里的一切，以及对周围的人们的兴趣。

1946年至1948年，从某种意义来说，新疆的探险考古时期已经过去。也许是为了不使自己产生出“流放”的感觉，西普顿和妻子戴安娜并没有把所有的时间花在喀什噶尔城里的日常生活或招待、娱乐活动上，而是尽可能地走出总领事馆到喀什噶尔四周，甚至到帕米尔登山或探险。

在两年的时间里，他们到过塔什库尔干、慕士塔格峰和喀什噶尔以西的山系。在艰难险阻和癫狂无羁的旅行中，那些崇山峻岭给他们的是一种欣喜和慰藉，让他们产生了一种深层的欢乐和幸福感，以及对一种具有永恒价值的敬畏之情。

当中国大革命的浪潮席卷新疆时，英国在喀什噶尔作为“前沿阵地”的总领馆的作用力正开始消失，十九世纪建立繁荣大英帝国的先辈们早已成了历史人物。

1943年，世界反法西斯战争全面胜利后，应中国政府的要求，英国于年底撤销驻喀总领事馆，其不动产全数移交给英属印度和巴基斯坦，改称“印巴驻喀什领事馆”。

1954年，中国与印度暂时中止外交关系后，印巴领事馆也就宣告撤销，人员全部撤回。

艾瑞克·西普顿作为英国驻喀什领事馆最后一位总领事，并不是英国驻外领事中很有地位的一个。

当艾瑞克·西普顿返回英国后，他的生活中又浮现出了珠穆朗玛峰的影子。但是后来他的事业和个人生活都发生了巨大的变化：他转入了一个完全不同的领域，担任了设在英国境外的登山学校的校长。

而这期间，他和戴安娜近十年的婚姻生活却走到了尽头。

历史的喧哗正是为了自身的沉寂。

那天，我穿行在喀什噶尔古老的如迷宫般的江浩汗街、诺尔贝西街……我并不全然关注自己的脚步，因为这个古老的城市不再遥远，再无神秘而言，人们从任何一个地方，在任何时候都可以轻易到达这里。

在江浩汗街，我看见几个外地游人脚步迟缓地走着，他们转动着眼睛，看到的仅仅是一些木头和泥土的构造，真正的构造并不为他们显现。

在喀什古城南缘，秦尼巴克的旧址就坐落在此。

据说，在此之前，这里曾经有很长的一段时间成了长途汽车司机们落脚休息的地方，因为年久失修，曾一度在喀什噶尔辉煌过的英国领事馆建筑物，现在早已是残破不堪，仅仅作为大英帝国过去的辉煌岁月留下的令人感伤的回声存在于那里。

不过，现在的秦尼巴克领事馆已改建成了宾馆的餐厅和客房，成为“背包族”们的驻扎地。

而被马嘎特尼夫人精心照料过的花园已然不在，在它原来的地方又盖起了一栋新楼。领事馆旧址门前有一棵圆冠槐，树身上挂着牌子，标明树龄有一百一十一年了。当初设立领事馆时才种下的幼苗，而今已是古木参天的老者。

我记起，戴安娜回忆起后来的生活，内心非常感伤：“我再也没有攀登过高高的山峰，连平缓的山坡都无从涉足。但是，我将怀着一种对过去的深深的留恋与感激之情，永远铭记在新疆度过的岁月，怀念那个被称为‘古老的土地’的遥远神秘的异域。”

卷下

连绵的红色群山

维吾尔语依奇克里克，意为“野山羊”。

按地理方位，它处于南疆轮台和库车两地之间，紧邻天山褶皱带——红色群山之间一条狭长的河谷带，是岑参诗中“轮台九月风夜吼，一川碎石大如斗，随风满地石乱走”的地方。

这个地方之所以闻名，不是因为野山羊众多，而是因为被称为宝贝的“黑金”——石油。

一

多年前，这乱石嶙峋的、几乎寸草不生的红色群山，有如在孤寂中闪耀的荒凉岩石，比人们所知的更荒僻寂静——

看吧，蓝天在上，鹰在上。

大风有力地吹。

牧羊人赶着为数不多的羊只，在红色河滩行走，一路东张西望。阳光在灌木间跳跃,他不知道自己的脚下,亿万年前曾经是大海,而此时正暗自涌动稠黑的“黑金”。

深藏地下的石油,在被人发现之前,是多么庞大而饥渴的火种呀。它不燃烧时,充满希望地沉默着。

某个深秋的一天,放羊人为烤火,点燃了河滩一处灌木丛,没想到待灌木丛燃尽,火势越燎越高,热意越来越浓,把他的额头烤得滚烫。

他用细木棒轻轻扒开沙地的覆盖物，惊奇地发现从里面汩汩渗出一摊黑色的液体。

“是洋油。”

这个秘密,像火一样的热烈,当地人用流淌成川的“洋油”点灯的消息不知怎么传了出去,越传越远,直到传到了山外边。

要知道,千百年来,人们从没有停止寻找“黑金”的脚步。它与时间达成和解,已转化为人们内心的精神线索。

1952年夏天,塔里木盆地北部天山南麓绵延百余公里的群峰之上，不断有飞机穿行盘旋——这是中苏联合石油勘探公司在进行航空大地测量。

当地百姓平生第一次见到飞机，惊奇地对着天空比画——虔诚地祈祷这些吉祥的“铁鸟”,真的能在这座人迹罕至的大山找到更多金贵的“洋油”。

随后，大批外地人拖家带口地来了，他们在地上架起了钻机井。

井架顶头红旗猎猎，沉重的钻机声震荡山谷。

依奇克里克原先只有地窝子，后来才有了干打垒，至于土坯房、学校和诊所，那是最后阶段的事了。

站在粗糙坚硬的河滩上，人们都以为自己会永远在这座红色的大山里生活下去。

为什么不呢？

依奇克里克油矿刚开发时，规模真不小——有大操场、小学校、医院、成排的泥坯房、宽的街巷、窄的街巷，不难看出这是一个完整的社区形态。

一开始，人们都是吃食堂，后来，随矿家属多了，这里就搞了一个小卖部，油盐酱醋和蔬菜都是从几十公里外的库车用汽车拉来。蔬菜就是白菜、萝卜、土豆，购买时也很独特：一人一铁锹。即使这样，也不能保证排队的人都能买到菜。

从依奇克里克坐货车到最近的县城——库车购买生活物品或办事，需要颠簸五个多小时。

被大山包围的依奇克里克，冬天的雪有半人深，夏天硕大的蚊子能钻透衣服咬人，人们一年四季都脱不下棉袄，汽车半个月来一趟，运来物资，再拉走一车车石油。

那些新来的钻工很年轻，很多人还没长胡子，脸颊红扑扑的。他们刚到这里时，脸上闪烁着热切的光芒。

他们想念着家乡。特别是节假日来临，有的人更加想家。

他们当然记得是什么让自己对家乡如此念念不忘：不仅仅是

这里枯燥闭塞的生活,更是远方爱人的脸庞。

那时一封信几个月才能送到，新婚的人，两年才允许探一次家。

他们刚成年,却被要求在短时间内,去做让最好的哲学家困扰一生的事情——在死神的威胁下，酝酿对生命的激情，并寻找意义,把自己的青春和热血奉献给这片荒山。

刚开始,他们不知如何才能做到这一点,但几年过后,他们不再是害羞的男孩了。他们变得更加粗野,也更加顽强,心里的激情已转化为神圣的东西。

新的生活就这样开始了。

工人们的生活点选择在了山下,是一排排很旧的泥坯平房,他们选择这里作为定居之地，也许就是为了在单调寂静的房子时刻倾听河水的喧嚣。

收工了。

工人们陆续下山回到矿点,伙夫们忙着劈柴担水,准备晚饭。他们在沿岸搭建了几个水泥窖,收集河里的水,作为日常生活中的水源。

水微咸、涩,还有些混浊。门是开的,砖砌的炉灶传出红柳柴火燃烧的毕剥声,呛人的烟雾充满了小小的灶房。

饭菜简单、粗糙,但是在一个个粗瓷碗里冒着的热气后面,晃动着一个个疲倦、饥饿的面孔。来往的工人们托着碗,吃着馍馍,他们几乎顾不上说话,只需用最简单的食物补充能量,需要足够的睡眠来恢复体力,吃饭的声音一时响成一片。

此刻,夜晚的河面像抛光的玉一样闪闪发光。在连绵的群山脚下,人们再也找不到可以与之媲美的黑暗了。它看似轻柔,但却有着比石头更厚重的质地。

晚饭后,屋子亮起了灯。一盏昏黄的灯,将并不明亮的光线射向每一个角落,他们的脸上呈现出明暗的影子。

入夜,大山里寒气难耐,河水的流淌声盖过了依奇克里克深处一切声息。到处是一望无际的漆黑。在这个没有高楼大厦、没有霓虹灯和喧哗的夜里,一切都是为了装饰静和黑,衬托静和黑。

有时他们中有一个人醒来,想到自己在这个没人知道的房子里,房子在空旷安静的山洼里,山洼在雪野中,四面苍茫——

深处的夜混合着河水的鸣响,像一种天籁,给了他以前从未有过的感受——两岸的悬崖峭壁不断向河流中央挤压,带来浓重暗沉的影子。像一个暗喻。

山里多雨。雨水顺着他们的头发、鼻子流下,顺着工作服灌到了靴子里,彼此间得用手在嘴边拢成杯子状,才能让工友听清自己所说的话。

风大了起来。钻杆偏离了原来的位置,他们不得不尽最大努力,用力系紧钢绳,一位工友的双手被钢绳磨出了血,他痛苦地大叫:“我们不能在这样的鬼天气冒险干下去了,会出事的。”

另一位工友脱下自己的工装外套,披在他身上说:“我们可以。我们无所畏惧。”

冬天,大山寒冷彻骨。午夜的霜冻让地面更透亮,让星星更冷硬。那寒冷像鞭子一样抽打着人们,却永远不会冷到让自己有从体内开始冰冻的感觉。

钻工们离开温暖的屋子,在钻台不停地走动,厚底黑胶鞋,将坚硬的工作台踏得啪啪响,还用衣服把鼻子和嘴巴捂得严严的,只留一双眼睛从衣服缝隙向外看。周围到处是覆盖了一层白霜的身体,呼出的热气升起,在头顶上形成了一小片云。

为了抵御寒冷,他们一边干活,一边久久地唱歌,歌声在凛冽的空气中凝滞,似乎一旦停下,身体会被冻得失去知觉。

时间静止,心脏跳动,现实世界的规则可以被置之不顾,一切都蕴藏无限可能。

那么,激情可以越过激情的藩篱吗?就像心里充满了无尽渴望,几乎能让山中古老的红石头发出狂热的呼喊。然后,把激情转化为神圣的东西——他们除了每天将钻杆朝地底下深钻以外,难道,还会有别的选择吗?

山谷的夜黑沉,只有野狼的嗥叫在寒风中远游。那时,这里与外界是隔绝的,直到一位工友有了一只小半导体。

冬天的某个黄昏下起了大雪。雪线是斜的。下雪天分不清下午和黄昏,天是昏沉的,街道上也没有人。从窗外望去,那些从房顶上的烟囱吐出来的烟,变成了细白的一溜,朝着一个方向吹。

天黑了。吃过晚饭的人们,一个个走出家门,朝着矿区某个会议室走去。

他们要去听收音机里的节目。

当时，国内民众接收信息的渠道只有两个：报纸和矿石收音机。

这只用电池的矿石收音机是黑色的，外形很像早期人类制造的青铜器,有一种笨拙的天真。那些年,这只矿石收音机在许多平淡的夜晚出现,它的声音被电流声搅来搅去。

可是人们太稀罕它了。

它像一扇窗户，在黑暗中被一双手嘭地打开，如同一个普通人,站到了特别的日子里,它从中发出的声音像舞台,被各种美妙的声音照耀,把原本平凡的夜晚照得神奇起来。

每天晚上,有几十人围着这个小玩意听,把声音放到最大,大到好像整个山谷河滩都能听到,心里才不那么孤寂了……

二

1958年的夏天发生了很多事情,两位女孩被山洪卷走,再没上过岸。

她俩如星星一样静默无声,最终如星星一样遥远缥缈。

其中一个女孩叫李越人。她真年轻啊,才十九岁。未来的人生像扇子一样展开。

她有一只口琴。

在这座大山中，有口琴的人凤毛麟角——相当于什么呢？相当于有了一件乐器。

这只口琴是她远在陕西的父亲寄来的。工作不忙时，几个女伴和她挤在一起，催她拿出口琴吹。口琴旋律响起来的时候，男青年们故意不往她们这边看，可耳朵却竖着，全神贯注地捕捉熟悉的旋律，无端地感到有些心跳，在心里跟着唱："赶快上山吧勇士们，我们在春天里参加游击队——不管风吹雨打乌云满天，我们歌唱我们战斗。"

这是阿尔巴尼亚故事片《宁死不屈》里的插曲。

这首歌回荡在这一个个美好的夏天，使枯燥贫乏的日子变得诗意和松软。

8月18日这天早上，她用十九岁的清脆嗓音说："我和戴健姐要去依奇克里克深山进行野外地质调查作业，晚点儿回来。"

可没想临近中午突然下起了暴雨。

硕大的雨滴急不可耐地从天上砸下来，砸出来金属之声，在地上激起一层绵密的水雾。风跟着来了，新疆杨的树梢次第流着一股尖锐的声响，像琴弦一根根被重重拨开，又弹回去。

有人站在窗前，忧心地看着窗外急雨，耳边回响起这个十九岁女孩银铃般的嗓音："我和戴健姐要去依奇克里克深山进行野外地质调查作业。晚点儿回来。"

要知道，依奇克里克地处天山南麓海拔二千多米的红色地貌区，秃山布满狰狞的砾石，中间只有一条千米宽的干枯河道，空气稀薄缺氧，气候恶劣，可能刚才还是万里无云的蓝天，顷刻之间便会突然下起冰雹和暴雨。山洪说来就来，滚滚浊流倾泻在干涸的河沟里，立即变成惊涛骇浪，冲毁沿途遇到的一切……

洪水来临之前，惊雷、闪电、急雨同时上演。

雨不停，水暴涨，然后，洪水来了——你若没有见过洪水，不妨可以想象一下：沟壑两岸是泥石山峰，山体被水冲刷得笔直，形状各异，沟壑林立，河床堆满鹅卵石，乱石穿空，南疆地形差不多都那样，一旦山洪暴发，水势十分凶猛，惊涛拍岸，卷起千堆雪。

突兀的水，肆虐的水，骄横的水，隔断的水，毁灭的水。浑浊的泥水，带着泥土、草根、枝叶顺流而下。那是水的顽固压迫，不歇的剥夺，水底下有巨石滚动，如雷声轰隆作响。

山洪声淹没了一切。

此时，没人看到洪水中有一个穿着绿衣的女孩，试图将手伸给另一位在水中的女孩，她一次次站起，却被洪水一次次冲倒。

没人看见她俩单薄的身影在浊红泥水中沉浮，最后汇入滚滚洪流中，不见了。

几天后，当戴健和李越人的遗体被找到时，已是血肉模糊。李越人手里紧紧攥着勘探资料包，待下葬时，手指掰都掰不开。

牺牲时，戴健年仅二十三岁，李越人十九岁。同一天遇难的还有另一支石油地质队的队员李乃君、杨秀龙。

得知消息的人们在河岸上惊恐地穿梭奔突。“水，水，水！”他们不知是在询问，还是在号叫。

没有人回应。

他们说死者不会说话。

他们还说,死者的沉默像是坟墓。

但事实并非如此,死者一直在说话,每当涨水时,就会有人听见她们的声音。

她们身处永恒之中,因为时间已经停摆。

1958 年 9 月 23 日，依 1 号井开钻,10 月 9 日凌晨四时喷油,初期日喷原油一百四十余立方米，至此，依奇克里克油矿被发现——数千米地下是一个巨大的盆地,像铁锅的底部,居然贮藏着滚滚石油。

当天红日西沉,人们全集中在一处空旷河滩,将干燥的引火棍插进木堆,围着篝火纵情豪饮,载歌载舞。

几乎每个人都被触动了,脸和手被火烤得很烫。

他们似乎相信，明天醒来一定会看见天使从熄灭的灰烬中冒出来,而眼前熟悉的河流一定会出现一条全新的道路。

然后,又有二十多年过去了。

三

我妈生我那天，足足分娩了六个小时，她的两条腿在空中分开,仿佛在时间中滑雪。

然后,我出生了。那是 1972 年冬至。

我睁开眼睛看到的第一眼,不是我妈,而是窗外一道道暗红山脊的红光。它紧贴卫生所的墙,好像人一抬头就能碰到鼻子尖,群峰如吼,组成了一片山的惊涛骇浪,像红色的火洇到了山体,有如一堆火焰,火焰一堆,看一眼,便两眼灼痛。

那颜色注定要穿透我的一生,在生命的另一端慨然显现。

依奇克里克除了地下的石油,除了山洪来临时会吃人的河流,还有连绵的红色群山。

在这里,天空湛蓝明亮,像凝固的水晶。

在这里,男人女人三十岁就显得苍老,孩子拼命长大。

这一年冬天,铅灰色的天低垂,雪一层层落下,落了一整夜,覆盖我的五岁或者七岁。

整个矿区的人闭门不出,晚上亮起昏黄的灯,有一搭没一搭地闲扯,但更多的时候是沉默。人们说话的声音像被茫茫无边的大雪吸吮净了。

偶尔有尖厉的声音漏出门缝、窗缝,惊起了一场更大更猛的雪。

我家昏暗破旧的屋子里墙面斑驳,炉子上永远坐着一壶水,水声吱吱作响。煤烟味儿充斥了房间,烟囱伸出窗外,滴下来的暗黄的锈渍已结成了冰。

在我起身的那一瞬,看见墙角落漆的木箱上,那面镜子里的反光:在屋子里来回走动着的人、正在打瞌睡的人、独自在墙角发呆的人，我还看见姐姐蜷缩着身体，皱着眉头，头发散落在褪色的枕头上。

她总有那么多的不顺心，睡觉也像在躲避着什么——这些，都是我必须要记住的面孔吗？在昏暗灯光的映照下，她疲倦蜡黄的脸有一种卑微的辛酸。

雪终于停了下来。

清晨的阳光仿佛不是从天空倾泻而下，而是从地平线涌出。

似乎从那以后，我再也没有见过那样的太阳，那样的不含一点水的黏腻的、值得夸耀的太阳。

一道金色屏障把整个时间罩住了，被罩住的，还有随冷风起伏的细小雪霰。

久违的阳光里，我顺着这场雪走到了另一个春天。

一日清晨，我被外边奇怪的叮当声惊醒，跑出去一看，河中满是各种大小不一的厚厚的浮冰，在水中沸腾似的旋转，好像是上天送给这条河流的一个个半透明的花朵。

它们在早春清冽的河流中顺流而下，凌乱地聚拢，又凌乱地散开，组成一些奇异的图案，彼此相撞时发出的叮当声好似瓷器被打碎。还有河水中的树枝被撞断时，发出喑哑潮湿的声音，一直到深夜才停下。

不少人来到河边，看水中的浮冰顺流而下，冒出的白汽很快变成水珠，凝结在他们的头发和睫毛上。

姗姗来迟的春天带来一部旷野诗经——蒲公英、石蒜兰、春黄菊、满天星、紫云英、香蒲、芦苇、车前草、芨芨草、红柳、野息香、水麦冬、茅香、冰草、曼陀罗、水杨梅、龙葵、沙蓬、黑枸杞、羊角奶、泡桐、香青兰、山杏……还有好多植物,来不及被人类命名。

它们是这片孤寂大地唯一的繁盛。

每一种植物开唯一的花,有着全部的新,去吞咽、去燃烧,那骄傲而又孤独的力量。

每当这个时候,我聚集起全身的血液,低下苍白的额头,听见并顺从南疆旷野中全部的嗓音。

夏天,正午阳光强烈,又白又烫,我们喜欢成群结队地在河坝子游荡。

群山在我身边连绵不绝。

这是一条被山洪冲刷出来的巨大红色沟壑。山体沿着山脚,将条条粗大的褶皱凝重刻入,像被风的一双大手梳理过,颤动着向上飘。

还有河。

幼年的我无数次地对这条红河表示惊叹。

特别是暴雨过后,这条红色的河道大水恣肆,乱石遍布的河滩上急流奔涌,山洪会挟带红色的泥石流奔涌而下,横冲直撞的,每一个人,都被浓重的泥腥味儿包裹。

人们说,这就是依奇克里克的味道啊。

深秋天气晴朗时,天空洞开,宽阔河道旁,灌木树叶层层落下,一地烁金。那沉默,如深深沙石下的“黑金”,铺陈人们所有的希望,像另一世界的事情。

有时，我们爬上最高的山坡，俯瞰依奇克里克，从成片密集的一模一样的土坯房里寻找自己的家，是乐此不疲的游戏。

它每天有更新一点的痕迹吗？这连绵的红色群山，它的一切都是天生如此的，几乎无人知晓的。

因而，它也是寂寞的。

当时的我们还小，不完全知晓人们被困在大山深处，生活闭塞而艰难。那些听说过的地名，都在山那边，离自己的身体那么远，一些没有说出的话，还有愿望，一句句藏在心里。

我们喜欢长时间地站在山顶上，仰望澄澈的钢蓝色天空翻卷白云，等待第一颗星星出现，我的眼里和心里看不到一点黑暗。

远远地，我看到山下一块大石头上刻着“健人沟”三个红色大字——那是为纪念在山洪暴发时逝去的四位年轻生命而立的石碑。

那三个红字刺痛了我的眼睛，当时的我只知道一种人生，但却阴差阳错地感受到其他人生的存在——那是一种自我燃烧的激情。

比如牺牲。

成年后的我，想到这几位逝者的生命存在形式，便想到古人对“牺牲”一词的解释：色纯为牺，体全为牲。因为再也没有比肉身更残酷的消耗品了。一滴泪或一声笑还没散去，时间早已泰半久远，似水无痕。只能在发黄的年鉴，还有老人的回忆里寻找到他们的踪迹。

在不需要英雄的年代,他或者他们,就是我们身边的普通人。

这一年,我刚满六岁,第一次知道每一片雪花都是不一样的,树叶也是。如果那是真的,那我该如何从对世界的讶异中回过神来?

我们看了地面上的,然后又往天上看,看羊群般的云朵从东往西,极快地移动。云块遮蔽的地方是清凉的,光照耀的地方明亮而恍惚。

黑鹰从山顶飞过。我忌妒它的自由,羡慕它和伸展到远方,又延伸到远方的田野。

四周安静,阳光白而明亮。所有的事物都安于自己的位置。

我在这永远沉默无法深究的群山之间寻到了一种和谐。并相信,这个世界尽头的地方就在这里。

它完整无缺,永不改变。

四

可是,改变还是猝不及防地来了。

那段日子,一个有关依奇克里克矿区搬迁的消息,先于后来的一场暴雨传开。

消息成真。

很快,矿区动员搬迁的通知发到了每个人手中。

说是依奇克里克石油储量有限,已失去工业开采价值。再者,它的生态环境也已不适合人的居住和生存。

没多久,人们陆续开始搬迁了。我们将搬到一个被戈壁沙漠包裹的地方——奎依巴格。

不想离开这里的只有老人。

他们经历了世界上所有的事,比别处的老人老得更快。皮肤黑而厚,有着更多的皱纹。他们三五成群的,每天都聚在一起家长里短地闲聊、晒太阳,像一些石头,戳在了这里。

直到依奇克里克人快走光了,他们才依依不舍地离开。

多年后,我从一位亲戚那儿看到一张照片,人迹罕至的红色群山之间,有一条狭长河谷,河谷之中密密麻麻散布着大片蜂窝状的东西。细瞧，原来竟然是河谷里分布着几百间废弃房屋的残垣断壁,到处是废墟。一堵堵半塌民宅,到处是张大了嘴的土灰色门洞,乱草没院,没有声音,哪怕是一声吠叫,一声小孩子的哭声。

寒风拐过残破的土墙,在透空隔栅的窗洞间呜咽。房子里面还能看到以前人们留下的生活用品,比如一些碗,盘子的碎片,以及小孩穿破的解放牌胶鞋。

依奇克里克如同一座停摆的老钟静止在那里，带着死一般的沉寂。

所有的符号都指向过去。

已倾圮的、人们早已迁居一空的依奇克里克，像一艘抛锚的船,遭到了世界的遗弃。干打垒的房子,几近倒塌,古老如一个世纪。它们形貌沧桑地守候在原处,不知在等候什么。

只有历史与人所赖以生存的荒原,对此发生过的事情缄口不语。

偶存一些砖混的房子,无水无电,被牧羊人作为放牧点居住。

光天化日下,这些废弃的房屋在白色雪山和红色山峦的衬托下,像大地震后的遗迹,又像大火焚毁的集镇,还像影片里被外星人劫掠过的村庄——一堵土坯砌的大照壁上的宣传画早已剥落,剩下一行褪了色的标语独对风雨。萧瑟又荒凉。

沙枣、槐花落在地上,无人捡拾。在遗弃的油井旁,偶有驼队缓缓走过。

从定居到最后撤离,才三十年时间,这座倾圮的、默默隐身于天山深处的报废石油城已成废墟——人们终究放弃了这里,让它成为二十世纪五十年代初,在新疆开发的第一座油田,更是第一个废弃的石油开发基地。

一座死城。

其实,西部地区多的是这类死城。

它们曾是大厂或矿区。因建设需要,其驻地都建在荒原或山坳,外界很少注意到它们的存在。

坐着车子在戈壁滩行驶数天,也难见到人。最后,它像一个突兀的梦境出现:

远处是起伏的山脉,近旁是大片田野,而厂房像不速之客,东拉西扯地依山就势而建,如同绿地毯上打了一些刺目的灰补丁。

在这里,机器的轰鸣与牛羊的叫声交织在一起,绿树婆娑的身影和厂房硬朗的倒影交织在一起,下班后,来自四川、山东的工人和担粪劳作的当地农民交织在一起,普通话、山东话和四川方言交织在一起……在这种看似浪漫的田园工厂背后,是如鱼饮水冷暖自知的生活艰辛。

这些厂矿单位自成一个封闭的社会,厂房、办公楼、宿舍楼、食堂、学校、校舍、菜场、小卖部、医院等一应俱全。

多年过去,当这些千里转战的建设者已经主动或被动地习惯了厂矿生活时,却突如其来地面临着一场前所未有的冲击:二十世纪七八十年代,随着国际形势巨大而深刻的变化,一些企业合并了,一些企业转产了,一些企业停办了,一些企业则选择了迁出。

而此时,一些已经定居的人不得不经历第二次或第三次移民。而曾有的家园在搬迁后成为一处工业遗产,一个特殊时代的工业标本,一座“弃城”。

我记得离开的前一天下午,依奇克里克下了一场大暴雨。那暴雨大得呀,足以载入当地史志。

雨过天晴。

山头斜插进去一块阳光。群山东麓断崖处,天边的五彩色流猛地一下子旋涡卷涌,似乎将人世间所能有的色彩喷射出来,如瀑布般流泻。

整个山中跳荡金银铜铁般的光芒，到处是五彩霞光的流溢、色的笼罩。

尘土的颗粒也在这光芒中熠熠生辉，变幻着橙黄、橙红、金色、黄色、粉色等种种色彩。它们从容而轻盈地升腾在山谷，慢慢地，天空一下子变得通红——那是一种不自然的、有点可怖的红，靠近地平线的灰色云层，在壮丽异常的红颜色中翻滚，它鼓动着力量，长时间地翻滚，像疯了似的汹涌，风在吹，树叶像急雨一样轰鸣，鸟群惊慌失措。

然后，我看到了劳·伦斯笔下一轮巨大的彩虹正耸立在大地之上：

> 我知道，那背着硬壳各自在这被遗忘的世界爬行的人们仍然活着，知道这弓立在他们身体之上的彩虹将会在他们的精神中获得生命，知道他们将会抛弃他们趋于分解的坚硬的外壳，而那新的、洁净的、赤裸的身体将会在一种新的嫩芽中重新生长出来，将会在自天而降的清新的光明和风雨中得到培育。
>
> 那彩虹之中，我看到了大地新的结构，看到这个世界将唯一真理，作为它的活的指甲，重新建立起来，巍然屹立在苍穹之下——

晚霞和彩虹很快消失了,天上连死灰的痕迹也没留下。

第二天一大早,我们离开了依奇克里克。

我们一家人坐在解放牌汽车上，平静地看山头那团反复撕扯的云,看地上一处处废油井的井口还在汩汩冒泡,那应该是残留的地层气在往上顶，一些小小的火苗固执地燃烧，像大地最后的激情。

车辙陷落在干涸的红色河床,时而清晰,时而模糊。

风在高处吹。阳光脆亮。天空有着燃烧似的蓝,蓝到最后,是近似透明的黑,我被日光刺激得要掉眼泪。

而鲜红醒目的山脉一言不发,默默地逆着骄阳向上挣跳,整座大山燃起了一条长长的火——群山的惊涛骇浪。

一个壮美的祭典。

我心里突然有了一丝难过，觉得自己与这连绵的红色群山有了深深的爱情。

起风了

奎依巴格春夏之交，多是刮着干热沙尘的天气。每到这个时节，沙尘暴会来，人们都知道它会来，年年如此，像等一个老朋友。

不，是一个无聊的劫匪。

不确定它哪一天会来，要么早些，要么晚些。

听镇上的老人说：“沙尘暴啊，那是东边的沙漠在往西边的大戈壁滩搬家呢。”

当沙子层层堆积，像水渍一样地漫延开，总有一天，它将不动声色地填埋掉房屋、植被，还有人。

是真的，当沙暴过去，在路上的人，每个人都像被沙子活埋了一小半，远远看去，像是会活动的人形泥胎。

暮春的一个下午，悬挂在镇小学校区门口的铜铃被校工一遍遍地敲响，生硬急促的声音把槐树上的麻雀惊醒，随即，有人在高音喇叭里反复播一个通知。

我母亲当时是我的班主任,她停下在黑板上写字的手,回过头来对我们说,同学们,现在下课,马上到操场集合。

碎石子和黄土垫起的操场黑压压的,挤满从泥皮剥落的校舍出来的师生们。在口令声中,大家按班级排列,整队出发,浩浩荡荡地去镇礼堂听报告。

沿途中,我们不断遇见从别的单位整装出发的队伍。

那些年,我们经常会被通知去镇礼堂听报告,那些会议内容跟我们这些孩子其实没啥关系,也听不懂。但没人敢不去。

我们踩着尘土往镇礼堂的方向走,蛇形的队伍一路上路过镇巴扎、医院、机修厂、酱油厂等地方,有宣传卡车从我们的身边路过,高音喇叭一遍遍地播放着开会通知和重要新闻。

镇礼堂里,各单位人马陆续到齐,礼堂主席台的一侧是高音喇叭,循环着高亢的歌曲,激发出人内心的庄严和仪式感。

镇礼堂的麦克风和扩音器把主席台一个男人的声音放大,洪亮而轩昂的声音充满了整个礼堂。

这场会开了很长时间。

一个油腻的酱油瓶子放在母亲的凳子脚下,她说等散会后,带我一起去镇供销社打酱油,她还说,供销社还来了一种叫“糖稀”的甜食,剩下的零钱可以买几两。

突然,我母亲从麦克风里听到了“彭亚宣”的名字。

那是我大舅的名字。

“彭亚宣”,高音喇叭又念了一遍我大舅的名字。

我被惊醒了。当时的我正斜靠在母亲身上昏昏欲睡,口水打湿了她的肩头。

我感觉到她的身体本能地颤动了一下。

但是抬头看她的脸,却没有任何表情,她是安静的,甚至是死寂的。我觉得在她眼里,除了我大舅的名字,周围的一切都是不存在的。

母亲低下头,在口袋里翻检了一阵,朝我手心塞了两张纸币,一张是一块钱,另一张是两毛钱。

她悄悄对我说:"家里没酱油了,你现在去帮家里打一瓶酱油,我走不开,剩下的零钱再买几坨榨菜疙瘩。"

"你长大了该懂事了。"

母亲冰冷而粗硬的手匆匆划了一下我的脸颊说:"去吧,快去。供销社要关门了。"

我不知发生了什么事情,提着酱油瓶子,一步一回头地,一脸懵懂地绕到了礼堂人群末尾。

可是我还是舍不得走,踮起脚在人群中蹿了好几下。

当我擦去满头汗,窗外的天光开始变得有些昏暗。

我想,该走了。

这个时候,我出了一个状况:手里一直攥着的一块两毛钱只剩下了两毛,那一块钱的纸币不知道什么时候从手里丢掉了。我打了个寒战,怀着侥幸心理,心想它肯定是掉在了地上,就赶紧低下身子在地上寻找。

地上到处都是腿，我的视线被大人们重重的身影切开，时而明亮，时而暗淡，当我蹲下弱小身子的时候，我依然在热气腾腾的昏暗当中。

我想，这钱遗落在地上的时候，可能还没被人发现，不被人发现就不会被人捡去。丢钱的慌张使我看不清地面上的任何东西，我只能用手摸，我摸到了男人女人散发臭气的鞋，糖纸，莫合烟的烟头，果皮壳，还有痰迹。

但就是没有一块钱的纸币。

我蒙了。

我从供销社的售货员手中取回用报纸包好的几坨酱菜，拎着空空的酱油瓶，木然地沿着镇马路边走，一边走，一边漫无边际地想事情。有些事情远未发生，而我却想了一遍又一遍。

我不知道现在该回到镇礼堂去找母亲，还是自己独自回家。

就在这时，起风了。

沙尘暴到来之前是有征兆的——

天上的云凝固不动，空气如黄昏暖水般流淌。麻雀的鸣叫声，树叶拍打空气的声音，车轮碾轧马路的声音，孩子在路边嬉闹的声音——在那一刻，全都消失了，仿佛被谁掠夺。

周围有着异样的寂静。这种寂静是物质的，就像灰色的墙，厚而冰冷，可以听见云碰撞云的声音。

天地间只剩下一股燥热之气。

突然，身后有了轻微的喧哗声，先是一股隐秘的热气流扑在身体上，然后，几枚树叶打着细碎的旋儿急促落下，一种不安的感觉，好像一个大人物即将到来。

“沙尘暴来了，快跑——”

猛然，我身后有人在大喊，那撕裂般的声音却像是来自我的身体内部。

我回头一看——远远地，身后一堵黄土墙横推了过来，它有十几层楼那么高，像巨浪慢慢涌动，同时又向周围扩散，横扫一切，把彼时的蓝天分成了两半——

一种让人不安的情绪盘旋在树梢上。

不久前还是蓝的天，瞬间就呈黑红色，像着火了，迅速铺满天上地下的空气中，很吓人。

黑红色的火，火中有野兽般的嘶吼声，天地间瞬间飞沙走石，路边摞起的石料堆被刮得呱嗒作响，眨眼间倒塌了，碎石头像碎纸片在风中飘，相互碰撞乃至撕扯。

那颜色在空气中滞积，越积越厚，整个房屋树木都闪耀着这种颜色，后来，那颜色中渗进去了一点灰黑，树枝在风中被沉重地扬起，发出猎猎声响。

在这场沙尘暴中，一些农户家上了泥的红柳枝屋顶被风掀起，刮到其他人家的屋顶上，把房子里外的残骸碎片都吹过来了——烟熏过的细椽木、没玻璃的窗框，紧接着，哐哐哐地跟过来的是打镶用的铁皮盆、酒瓶、掉了封皮的彩色画报，以及洗好没来得及收的衣服裤子。从天到地都是风极不耐烦的咆哮，虽然撼动不了房屋，却剧烈地撼动树木，撼动鸟窝，撼动渠里的水……

天光瞬间暗了下来。

尘土掺杂到原本浩荡的大地中，到处都有，到处都是，满得不得了，往日熟悉的街道变得陌生起来，浮尘淹没一切，树林、房子像一一浇铸在混凝土里似的。

那风非常有力量，全朝着一个方向涌去。它掠过的树木、屋顶好像被那股力量带着，也朝着一个方向倾斜。

如果此时有人路过，也会被风吹得倾斜。

在突如其来的倾斜中，我斜着身子，迅速地想要抓些什么，抓什么都行——整个世界仿佛只盛得下一个小孩如落叶般的单薄身影。

我紧紧抱住路边一棵新疆杨。

树下被风压过的草丛，一个断了腿的橡胶娃娃仰面躺着，衣服残破，一只胳膊指向天，另一只指向地。吹过这里的风，也正吹过她。

她睁大眼睛看着天空，含着笑——似乎她多年前就这么笑了。

那笑容令我愈加恐惧。绝不是我梦见的那一个，我看了一眼后，就扔下了。

不知过了多久，风渐渐停息，屋顶、树木慢慢恢复了原状。

大风过后，河渠里的水浅了些，河坝子的边沿高了些，岸上的桑树枣树又歪了些——这些，人们也都司空见惯了。

买买提烤包子店的窗玻璃没来得及用木条固定，被风震碎，屋子没了遮拦，像年迈的老人缺了满嘴的牙，黑黝黝的。

整个边镇灰头土脸的，房屋、街道，在其中走动的人还有牲畜，像皮影一样机械。

道路两边的树木上扎了些白色的塑料袋、手纸、破烂袜子，还有衣衫。

大风中，只有它们像爪子抓得住树枝。

这其中的细节太熟悉了，我不再像从前那样乐于一一细数。

风停后，我没敢回家，避开通向我家的那条土路，又来到了镇礼堂。

这时，镇礼堂大门紧闭，会议还没散，礼堂里不断传来高音喇叭嗡嗡的声音，听不清里面的人说的是什么。

天色彻底暗了下来。四周黑黝黝的。但是镇礼堂四方形的建筑在渐浓的夜色中通体发亮，像一个晶体飘浮在夜气中。要是走到远处看着，镇礼堂像是一个宇宙的中心，一切生命，都围绕着它昼夜流转。

我抱着酱油瓶子，靠在镇礼堂背面的土墙下不言不语坐着，然后睡着了。

从黄昏到入夜，会议是什么时候散的我也不知道。

人都走空了我也不知道。

这时，我在睡梦中恍惚听到母亲满大街叫我名字的声音，但我不敢站起身扑向她,我是一个多么脆弱的孩子,这场风像一个巨大的怪兽,没有了母亲的庇护,我将变得更加脆弱。风就这么把一个手无寸铁的我给打败了。

当母亲的喊叫声离我越来越近的时候,我终于放声大哭起来。

梨花啊

那时候，奎依巴格镇每家都有一个院落，人们时兴在院子里种花种树。

我家种的花是晚饭花、夹竹桃、格桑花和美人蕉，树是两棵白杨树及一棵梨树。

一棵桃树的长成需要三年，一棵梨树的长成也需要三年甚至更长时间。这棵梨树刚移植到我家院子时，我没好好地关照它——可能它看上去太瘦小太孱弱了，每个见过它的人都摇头说，这树怕是活不了。

刚开始，我家人还能控制这棵梨树，时不时地给它浇水、剪枝和上粪。到后来的几年，这棵梨树一下子蹿得好高——有三米的样子。

当阳光出现在粗糙的泥墙上，树叶间的细小光斑闪烁着蜂拥而至，那些坚硬的和柔软的、圆形的和长形的叶子，同时被淹没在阳光中，同时被阳光消灭和升华，被阳光遮挡或再造。它们的光影时而明亮时而暗淡，然后移动、消失。

一个深秋的晚上刮起了大风。

院子漆黑一片。天空好像密布着无数看不见的旋涡，而旋涡的中心就是它——这棵梨树。

在夜晚的微光中，它好像和地底下某种神秘的力量接通了，随大风摇摆枝条，发出无可辨别的、无从模仿的声音。在这种声音中，有一些事物在增长，在酝酿。然后，我看见这棵树像浑身通了电似的，带着阴郁的力量，让所有的枝条在风中疯狂摆荡。

那天，我刚从外面回到家，从院子这棵梨树下走过时，瞬间感觉自己像被它那股子力量吸住了，被无数根缠绕我的枝条束缚了，被未来巨大的生存吞噬了。

它在高处俯瞰一切，它的阴影笼罩我，逼视我，使我从此以后只臣服那些强健、霸道而又深不可测的事物。

我面色苍白，惊恐地一下子撞进屋子。我父亲看到后，看了一眼在狂风中摆荡叶片的梨树，嘲笑我胆子小，连树的黑影子都怕。

然后，他站在树下，盯着这棵树看了好一会儿，呆立片刻，轻轻说了句："这树今天是有点儿疯——"

从这天起，我带着对未知力量的恐惧，经常长时间地观望这棵只开花不结果的梨树。看树干上的疤痕，看枯黄的有点营养不良的叶片，树下一层细细的羊粪，已出芽的格桑花秧子随风摇摆——我还经常用手在这棵树身的皱褶和裂缝处探寻，也不知自己究竟要寻找什么。

我沮丧于自己弱小的身躯和过于沉重的心事，将身子紧紧贴着这棵梨树。

很快,光阴裹成厚厚的一大团,旋转着,像飞一样,比飞还快。但这棵梨树一直是寂静的,仍不开花不结果,每天迎光而立,孑然一身。

我说不清楚,我身边有哪一种树的沉默会大过它。这沉默被重重围裹,被屏蔽在万事万物的倾听之外。

而那个年龄的我面色苍白,有轻微的自闭、敏感,很少说话,一副心思很重的样子。我经常注视自己的掌心,试图洞见另一种平行的人生。也如这棵梨树那般寂静——把心里的渴望、秘密、痛楚深藏起来,只让文字泄露微不足道的一点点。

我父亲看到我经常心不在焉的样子,气不打一处来,说我的心智就像这棵不开花不结果的梨树一样没啥用,营养不良。

那天,我父亲又重复这句老话时,我心里慌乱了一下,忽地,又浑身发痒了。

这是一个奇怪的毛病，我一听见父亲的声音，就浑身奇痒难忍。我想,这是不是他与我之间存在着某种奇特的生物效应,让我一看见他,身体就痒得厉害,像是脊背爬满了温热的虫子。

这也许是心里害怕的缘故。当你害怕一个人的时候可能就是这样,身心会变得虚弱不堪。尽管我父亲已经很老了,但目光却依然如巨兽一样俯视我孱弱的灵魂。

此时,我渴望自己一个人走在边镇街头,而不是听着父亲在耳边絮絮叨叨,不断提醒自己该怎样怎样。当我走在镇巴扎上,把家里的一切完全抛在身后,这才深深吸了口气——明白在这个家里,自己的神经是多么的紧绷。

为了避开父亲的责骂,我经常在秋日与几个同伴一起骑自行车在小镇郊外乱逛,累了,便躺在某个高坡的草丛中漫无边际地闲聊,带着从未有过的轻松心绪,看远处绿阴掩映的边镇,吃惊地发现,这座边镇在渐浓的暮色中显得格外寂寥和荒凉。

这一天,天还没有完全变黑,东方最后一抹桃红色正逗留在西天某处,很像嘴唇。田野浓酽的植物气息,像一层绿色的、无形的帘幕缓缓拉开。

在这层帘幕的下方,有枣树、白杨树、香柴胡、沙红柳、麻黄、芦苇、花苜蓿、野亚麻、野息香、沙茴香、黑枸杞、沙蓬、石蒜兰、马茄子、龙葵、槐树、榆树等多重柔和的影子——它们的气息干燥清洁,似乎不是来自田野,而是来自我的内心。虽处在昏暗中,却让人感到它有如冰一样的透明、洁净。

这时,小半牙薄凉的月亮将升未升——它或许就坐落在西天外远处的昆仑山上,似乎它就是从那儿出生的,其他时间里都在睡眠,只在夜晚独自悄悄长大。

就像我那样地悄悄长大。

天就要黑了。我们短暂地停止了嬉闹,不出声地朝着晚霞的方向呆望,若有所思。同伴燕西最怕天黑,天一黑他就饥肠辘辘,当饥饿感再次袭来,他站起身,朝着小镇的方向跑了起来,暮色沉沉地压在他的帽子上,他的身体摇晃着,焦躁得像一头幼兽:“吃馕,吃烤肉,我要回去吃烤肉。”

“快滚回来——回——来——”他听到我们在唤他。这时,另一个同伴安琪的口琴在手中熠熠闪光,他抓起来猛地一吹,呜呜呜的乐声在田野间回响。

他吹的是一首叫《白杨树》的歌。据说,这首歌是一位从上海来的知青写的:

白杨树戈壁滩上长着呢
白杨树昆仑山下长着呢
白杨树玉龙喀什河边长着呢
白杨树我家门前也长着呢

风吹倒了戈壁滩上的白杨树
风吹倒了昆仑山下的白杨树
风把玉龙喀什河边的白杨树也吹倒了
我家门前的白杨树还挺立着呢

更远处的田野上,晚归的农户们朝着我们这群放肆的少年看,牛车轮子辘辘地滚过黄土大道,在黄昏中神秘回响。

这一晚的秋风多么浩荡,田野在晚风中无比枯寂。只要走到渠水旁边,就会发现过去的生活正掉下它关键的册页,像一堆发黄的落叶沿着渠水向远处漂去。

我与同伴在郊外的田野游荡着,度过一个又一个难忘的昼夜。

这样的日子周而复始,长得像没有尽头。

当时的我,暂时在奎依巴格镇一家工厂做工。

每天,当下班铃声像往常一样在厂区回荡,穿着工装的年轻人骑着自行车,像黑压压的潮水,从厂区大门喷涌到马路上。

马路笔直宽广,新疆杨的树叶在暮春暖水般的夕照中,有一种金灿灿的慵懒。那些年轻的面孔,也被镀上了一层薄薄的金色。

从此刻开始,我和他们将走向家庭,走向菜市场,走向饭馆——走向相同的命运。

我骑着自行车夹在他们中间,熟练地按着车铃,灵活地变道。偶尔回过头看身边的他们略带疲惫的脸。板结的脸——自行车流在马路上拐弯的时候,他们一个挨着一个,以不同的速度朝前驶去,那背影让我突然想到:“不知谁的命运能超过另一个人的命运,不知谁比时间活得更长——”

这是帕斯捷尔纳克在《日瓦格医生》中的一句话,我曾在这本书的这句话下画过一道线。

又一个春天的早上,好像是早晨八点左右,我走出家门,微亮的天色有一种昨夜暗暗修补过的、稚嫩多汁的蓝。但我感觉院子有什么不一样了。空气微微紧绷,我的心微绷,嗓子眼也是绷着的,半天才吐出“啊——”这个字。

“啊——”的一声刚出口，便是对世间某一事物最好的、最极致的赞美。

这棵梨树终于开花了。不，不是开出花来，而是花朵喷射出来——那么多脆弱的白色花朵簇拥在干枯、苍黑、遒劲的枝丫上，以磅礴的力量，犹带激情般喷射出，风一吹，花瓣在空气中微微颤动。

我一下子感到周围都静止了。画面凝固了。一树的白色花朵开得密不透风，绚烂而又宁静。叶子是新发的，青翠油亮。树梢上一团团喧哗的白与绿对立，它的香气与早春的清寒对立，与周围的世界有着巧妙的切入和神秘的默契。带着不属于尘世的气息，在微风中摇动，仿佛春天正下着一场白茫茫的大雪——

而梨树之上的天空，像燃烧一般的蓝啊，蓝啊，蓝得很不真实，让人想到电影《追捕》里的杜丘和真由美。

我站在树下，畏惧它突然的盛开，在这样的蓝天下朝上看，脸被日光照耀得闪闪发亮，被突然的激情胀满喉咙，却什么也说不出来——某种生活的禁忌被打破，欲望滚滚而来，不能停止的倾诉，滚滚而来。

我感觉自己精神的某一处，正凝聚成一个个生机勃勃的花苞，从某个地方探出头，大声应许此时此刻的微弱存在：我最终会变成那种人，或者，终将成为那种人：一部分的我留在此地，而另一部分的我，在遥远处游荡，就要投身到热烈、蛮横的生活中去——

1999年夏，我离开了奎依巴格镇。经历了几次人生迁徙、疾病和绝望后，带着对永恒的、隐秘爱情的饥饿感混迹人群，开始了写作。

我从没写过这棵梨树。但我知道，它依然在南疆以南的某个荒僻角落，在蓝得忧伤的天空下，花朵饱含汁液，独自开败。

一年秋天，我母亲来信说，家里的梨树结果子了。味道酸涩，不好吃。

但我依然爱它，爱梨树甚于爱白杨树——

梨树戈壁滩上长着呢
梨树昆仑山下长着呢
梨树玉龙喀什河边长着呢
梨树我家门前也长着呢

风吹倒了戈壁滩上的梨树
风吹倒了昆仑山下的梨树
风把玉龙喀什河边的梨树也吹倒了
我家门前的梨树还挺立着呢

正午

死亡和正午的太阳令人不可逼视

——拉罗什福科《箴言集》

我怕光。尤其怕正午的光。

正午的光有如一种生铁的坚硬质地。铁，既是一种结构也是一种质地，对于十六七岁，生性敏感的我来说，是一个奇怪的词，在我记忆中画出钢蓝色的弧线。

一想到这个词，周身便被一种灼热感覆盖，携带一种速度和力量在疾行，我在其中的形象生涩而模糊。

二十世纪九十年代初期，我少女时代的课堂支离破碎，而又广大无边，最后漫延到工厂。

那次经历与工厂有关。

高中毕业等待大学通知书的一小段日子里，我去了小镇一家工厂做学徒工。工厂的机修车间是一个由生铁、机器、机油、光膀子的男人组成的内脏，厂房里机声轰鸣，弥散着腥甜的铁的气息。雄性的气息。

车间里，有一种悬在人头顶上的车，叫天车。

每一天，总有那么一些特殊时段，悬浮在头顶上的这辆天车沿着轨道，从车间一头滑向另一头，钢铁之躯携带着巨大的轰鸣声，呼啸而来呼啸而去，像极了未来世界中的一个镜头，我吃惊地仰起头的样子可笑极了，因身躯过于渺小单薄，与庞大的机车构成了无与伦比的荒诞感。

机修车间里，生铁毛坯堆得到处都是。

白天，我穿着宽大难看的工作服，面容消瘦，神情恍惚地在空旷的厂房吃力地搬运生铁毛坯。

这些生铁毛坯呼吸着车间的噪声生长，在高速旋转的机器中转动，闪烁着钢蓝色坚硬锐利的光芒，它们每一分钟都被车床飞旋而出，交缠着一团团硕大无比的废铁皮，像热带植物般蓬勃生长。它们是工厂这个特殊花盆培植出来的一种奇怪的植物，叶片锋利，不是靠泥土、水分、空气生长起来的，而是相反。

最后，它们被堆在厂房外面，像科幻片中未来世界中硕大无比的南瓜和白菜，堆得比厂房还高，极具后现代主义时代的质感。几场风、几场雨过后，它们的颜色由钢蓝色变成暗褐色，越来越陈旧。

它们总是堆得很高才被人运走。

它们消失的地方，往往会有黄色铁锈的粉末堆积，被风吹散在空气中,或者被雨水浸泡成一摊锈水,四处流淌,制造出工厂特有的气味,常年在这里盘亘。

它们造成的压抑感永远存在, 再平常不过的事情在炎热太阳的逼视下,往往会变得不可思议。

比如南疆偏僻的小镇, 许多征兆是跟夏季燥热的正午连在一起的,南疆的正午,最难熬的是八月。

某个夏日雨后的正午,毒烈的太阳迅速烧干地面的湿气。一些掉落的叶子带着干草气味和浓烈的日光气味混合一起,迅速弥散、升腾。

我很想描述一下南疆的正午时光,说一说被烧焦的中午,四边翘起;说一说炎热粘连的光线如何穿透了夏天的心脏,但却一直找不到合适的言语表达这种内在的和谐。在热风中,路上冷清清的,没有什么人走动,道路两旁的树都僵住不动了。

这是真的。

正午携带着荒漠般的寂静,像一个人晦暗的生长期。

太阳又大又白,人们都在午睡。老人、孩子、路边的狗,都在睡梦中。树叶儿耷拉下来,好像睡着了,空气中弥漫着一种黏稠的梦魇的气息。热,白炎的光,虫的鸣噪,难以化解的一份艰涩。而我正躲在工厂正午的阴影中,于人于己在遮蔽中似乎后退了一步。

人是需要被阴影庇护的。

想到这里,我微微闭上了眼睛。

正午的另一个时辰,我睁开眼睛,梦中的景象变得时断时续,不置可否。正是在这种正午的光亮中,一些混乱的、灾难性的、彻底失败的景象,好像一个个确凿的证据出现在我面前。

仿佛一切都已失去。

我又沉沉地睡去,醒来的时候,房间里是阴暗的,乳白色的窗帘透出的光亮半明半暗,让人误以为是早晨,天还没有全亮——还有整整一个晚上要度过呢。

不容多想,夜幕就降临了。

这时的我正值青春期,不知因了何事,变得有些自闭,每天发愁地想:该如何避开工厂这些坚硬的铁,避开过于柔软的人群?

南疆正午毒烈的日光直射下来,拉长了我的身影。

寒酸的旧背心,为什么总遮住我跳动的心房?

形状滑稽的旧鞋子,牵引我走过怎样一段泥泞的小路?为什么我的鞋跟也磨损了?

仿佛一只来自高空的无名的大手, 架设了我与世界与他人连接起来的桥梁。仿佛哑者的眼神,有着意欲申诉的无告。

正午的阴影来自最炎热的夏日午后,即使是闷热的夏日正午,那来自内心低潮的寒冷,时常在不设防的时刻向我袭来。

这天正午,我吃过饭,带着慵懒而缓慢的步伐在镇机修车间的厂房里走着。

厂房里没有人,没有机器热烈的轰鸣声。其他人都去了别处。

或躲在车间休息室午睡，一切都像是在减速，制造出一种虚拟的寂静，与外界的一切隔离。

这个时候，我能够深刻体察自己的内心有一种清冷、迟疑、僵硬和拒绝的因素。

我慢慢走着，带着担心碰破一些易碎东西的那种轻，轻得像悬浮空中，穿过厂房里舒适的暗，周围的气温一点点地上升，各种属于工厂的味道在炎热空气中汩汩流淌。

厂房里，胡乱堆放的生铁毛坯散发出一股男人身上蛮横的气味儿。我小心翼翼地穿过它们，锃亮的车床像隐藏着一个巨大的阴谋。

突然，我的脚不小心碰到细铁管堆，一根铁管滚落在地，在空旷无比的厂房发出脆响，吓坏了我："谁？"

这一声空洞怪异的叫喊像是从我的身体内部发出的，有一种耳膜被震荡的感觉，让人想到被打碎的玻璃和玻璃上的血迹。

我在这个喊声中一下子怔住了脚步。

另一个同样炎热的正午，我难以忍受太阳炎热的逼视，一个人慢慢向厂房外的树林走去——那是一小排白杨树林围成的走廊，树叶儿有疏有密，走过去是有亮光的，再走过去却是阴凉昏暗的，明暗交替间，却差点忽略了倚在厂房入口处的一位老人。

他是工厂厂房的门卫，快六十岁了，人称瘸腿老赵。

此刻，厂房大门及窗子敞开着，老赵正伏在桌子上午睡，微偏着头淌下汗珠，赤裸的胳膊上趴着一只绿头苍蝇，像睡着了似的静止不动，收敛起的翅膀，似乎带着某种隐喻。

那一刻，我明白了他的生活——不，是我的生活成了这个模样，就是这样，而非其他。让我明白“生活永远无疑”是可怕的，而“永远如此”更是可怕的。

在这样一个个令人窒息的正午时分，是什么东西到了一定的时刻就静止？

八月过后，我从这家工厂辞职去西安念书，才离开了南疆这座令人窒息的绿洲小镇。

“正午”这个词似乎还跟一个女人有关。

2000年夏，一位从北京来的女作家，受邀来乌鲁木齐参加一个读书节活动，我作为媒体记者采访了她。

那是一张被生活毁坏了的脸。她的脸上有一种慵懒的、憔悴的正午的荒漠气息：“粗粒颗大的阳光倾泻而下，一只母兽行走在正午的荒漠边缘。”

看到她的那一瞬间，我的脑子里跳进了这一句诗。

但这是谁的诗呢？是别人的还是我的？

当时的我无法领略到她脸上这种被时光雕刻的憔悴之美，流逝之美。

坐在她面前，我有些替她害羞。

她曾在西藏待过很多年，出版过一些有关爱情论理的小说，我没看进去,倒是她有一篇文字叙述的有关“正午”的描述打动了我:“最大的一场火,发生在每天午后。火是从心里烧出来的,她独自一人,目睹了这一切。”

目睹了正午,也就目睹了灵魂的真实。

我以最快的速度完成了对她的访谈,以一个女人对另一个女人的理解。

时间过去很久了,我寄给她的样报不知她收到没有,如今她又在何方?

边镇

奎依巴格是一个边镇。

它一到黄昏就发出各种声音和气息。我经常在这个时候骑着破旧的自行车瞎溜达,直到夜色降临。

我骑自行车骑得很快,我听着风,仿佛只有这样,才能躲避往昔生活的阴影。

风吹着路边的树,以及沿街旧得不成样子的泥房。被戈壁沙漠包裹的南疆小镇缺少树木, 那些当地人——每家平房的过道阴暗而荒凉,每扇木门后面,都有三五个孩子在光线低暗的屋子玩耍,都有一个蓬头垢面的母亲弯着腰在泥水池边洗衣服, 她们因家务过多而疲惫不堪。

最令人印象深刻的是小镇人家的气味——那气味似乎大致相同,我家里也有。它混合了肉身的味道,家具的味道,缺少关照的植物的味道,厨房里冰冷食物的味道,还有一些说不清道不明的气味充溢了整个屋子——等我长大后才明白,那是一种贫穷的味道,是一种侵入脑子里的浊臭。

就像贫穷不仅仅是缺少金钱,而更像是一种生理上的感觉,若是外出两三天后刚回到家中,我进门会屏住呼吸,好像这股味道会伤害我一样。

这天傍晚,我来到镇巴扎看打瓜游戏。

不远处,几只脏兮兮的羊拴在木桩子上,它们的身体披着暮色。

镇巴扎路口模样粗陋的小饭馆及裁缝店还没打烊,菜场上发黄的菜叶、果皮、塑料袋、纸片等废弃物随意撒落地上。巴扎拐角处,会看到抱着婴孩的农妇,失意的打工者,无所事事的小镇青年以及行动不便、靠在烟摊边上发呆的老人……

一位老妇人守着还没有卖出的石榴,迟迟不肯离去,木然、呆滞的目光像是僻远小镇古怪生活的一部分。

风吹着树林,浮动着细碎的声响。房屋的影子浸泡在清冷暮光中,一片死寂。

这样的黄昏,如果没了那些打瓜的人,镇巴扎通常会很静谧,可这时候的巴扎偏偏热闹得很,玩打瓜游戏的人群散落各处,这儿一堆,那儿一堆。

那个年代,日子真的是太闲了,钱是那么的少,时间是那么的多,快乐不是现成的,得要自己去找。

在边镇,打瓜游戏好像是人人都在玩的东西,年轻人玩,中年人和老年人也在玩，流传得久而广泛。

打西瓜是在两个人之间进行的。每人挑一个麦子西瓜，用手掌打开，西瓜瓤子红的就赢了，输的人一般要付两个瓜的钱。打开的西瓜嘛，都是看热闹的人吃，他们白吃，不要钱。

我问一个叫肉孜的老人："打西瓜有啥窍门没有呢？"

他说有的，就是眼神尖，会挑瓜，还会打。因为麦子西瓜长得怪，好多麦子西瓜最红的瓜瓤不在瓜心，在瓜瓤与瓜皮之间。红瓤子隔着瓜皮看不见，会打的年轻人刚好从瓜瓤的最红的地方打开，这个"巴郎子"就赢了。赢了的人高兴，吃瓜的人高兴，输了的人开始不高兴，后面嘛，看大家高兴了，他也就高兴了。

打西瓜就是这个样子的，就是这么简单。

打甜瓜也是在两个人之间进行，和打西瓜一样，周围得有好多看客，若没了看热闹的人在一旁起哄，打瓜游戏也就没啥意思了。

老人还说："刚开始玩打瓜游戏的时候，我的手气一阵子好，一阵子不好，不好的时候一个夏天就输掉过五十多次，不但要付瓜钱，连同那堆瓜也成了别人的了，围观的人一边呸呸地往地上吐瓜子，一边拍着我的肩膀说：'玩嘛，不要当回事嘛，玩啥东西都得花钱，没有白玩的东西，想再玩还可以定规矩重新开始嘛。'"

在这个老人看来，打瓜游戏中有些很微妙的感觉是无法说出的，比如手的感觉。一双手终究没法把那种微妙的感觉传给另一双手。一只瓜静静地立在那里，面对的是各种各样的人，每只哈密瓜都不是一个样子，形状厚薄也都不一样，每个人的手也不一样，习惯也不一样，有劲儿大，也有劲儿小的。一枚铜钱打进瓜里什么部位刚好，是没办法预知的。

“到后来，我变得很厉害，总是赢，把对手全都打跑了，找不到人玩就我一个人玩嘛。我用左手打，用右手打，再后来就不玩了。我现在老了嘛，七十多岁了，手没劲了，我的左手总是打不过右手。”

他说完就消失在人群中，不见了。

昏暗的暮光中，他是移动最快的东西之一。

天色愈加黑了，镇巴扎上的人渐渐散去。

那些天，我经常去河坝看当地人玩打瓜游戏，有时候跟同伴去，但大多是我一个人去。

我从未向家人、向任何人提起自己在河滩，或在镇巴扎遇到的人：有些是像羊眼睛一样闪着温顺光芒的、黑皮肤的小叫花子，还有一些把衣服扣子故意解开的、嘴里喷着辛辣的莫合烟味的男人，他们盯着我的脸，冲我微笑，跟在我身后不停地问：“你家住在哪里？你家住在哪里？”

我有些害怕。

镇上有不少妇女在家门口洗衣服。她们的眼眶下面，鼓起黑青的眼泡，她们中有一个人好像看了我一眼，却无动于衷，又低下头继续洗衣服了。

“快啊快打啊。”一群群围观的人在打瓜摊子疯狂叫喊。

天边的云一如既往地从嫣红到灰白，直到黑暗，携带着微凉的夜气再次降临。

就这样，无数个暮夏黄昏，我骑着自行车走遍了奎依巴格镇的各个角落。

我热爱东风路、奎屯西路、京二路。

我是这些路的女儿。

我顺着风沿着镇东风路的大坡滑下，连衣裙的衣角顺着风扬起，那种飞翔的感觉只有奎依巴格镇才能给我。

直到夜晚来临。

我看见跌下去的月亮像一颗硕大的露珠又大又亮，让人害怕。

沿街饭馆里的灯光在浮尘中变得混浊昏黄。小饭馆里，永远有醉了酒的人，他们带着酒气的谈笑声中有一种尘世的暖意——树间的月亮、夏夜宁静的天宇、沙枣花慵懒的、无所事事的气息……我甚至在睡眠中都能听见他们说笑的声音。

我身后是一片低矮破旧的土墙平房，沙枣树、槐树苍绿的树叶舒展在头顶。依然破旧的漏石灰的房屋前，空荡的晾衣绳似乎还有着衣服的影子，红柳枝铺成的屋顶上，几根细电线交错在烟囱灰黑色的轻烟中。

一些人家的屋子亮着光，有人带着睡眠前的惺忪模样向窗外打量。

这时，一个人骑着自行车从我身边驶过，卷起一小团灰色的灰尘。是个女孩。她的白色棉衫在越来越浓的黑暗中闪着微光。

如果是5月和6月，空气中会有初夏花木浓稠的甜蜜气息，以及夜色降临时缓缓升起的静穆气息。

天空湛蓝。如同深海。

我的心动了一下。

与无数个相同的夜晚一样，夜风携带着南疆边镇的陈旧气息。路边沙枣树、新疆杨的根部堆积着落叶，空气中弥漫出一股潮湿、辛辣和腐败的气息，踩在脚下沙沙响，让这个边疆小镇显得有些破损。

这时候，小镇的味道是涩而微苦的。

那通常是暮夏，道路两旁的槐树花盛开的时候。青白色的花团一簇簇的，树枝快被压弯了。

干燥的漠风从戈壁滩吹过来——有人出没在这些花海中，最后，当他们头顶槐花瓣从树丛中出来时，脸上挂着和槐花一起燃烧过后的迷惘的笑容。

这样的夜晚太安静、太驯服了，它像露珠儿一样丰盈，又像蜜汁一样浓稠，带着丝丝奇异而感人的光泽。

而且，这夜也太漫长了——漫长得像要融入次日的白天中。

镇东巴扎平日熟悉的草棚下有一个烤肉摊，一个中年男人将孜然、辣面、炭火混合在一起的香气，以及含混不清的吆喝声送到了远处。

他身边破旧油腻的木头桌，录音机里维吾尔族民歌有昨夜欢笑的味道，还有水雾、枣花，以及从未褪尽的夜色的味道。一群男人坐在他身后看不出颜色的旧毡子上喝茶、吃馕、谈笑。

第二天路过时他们还在，时间在他们身上似乎失去了作用，仿佛很久以前他们就在这里了，仿佛他们从不曾离去。直到漆一样的月光厚厚地打在他们身上。

两头老掉的毛驴拴在东巴扎路口的木桩子上，身上落满了尘土，它们古怪的模样像是各种奇迹和罪恶的混合体——只是现在，它们睡着了，疲倦的蹄子撑起了一个灰蒙蒙的世界。

除了不远处河渠的轻哗声外，别无其他。

如果此时，从不确定的方向还远远地传来几声狗吠，夜鸟、昆虫像被施了巫术似的，全都停止了叫声，又一一在瞬间动了起来，与河坝子旁的树木、电线杆子还有房屋一起，在黝暗的光线中散发出青灰色的微苦味道。

偶尔，一个酒鬼喷着酒气从我身边摇摇晃晃地走过，脸色困倦，还有皱着眉头的夜行人，各自属于一个完全陌生的、孤立的世界。

当我一点点地复苏对南疆的记忆时，一个行乞者拦住了我，在夜色中向我伸出脏污的手臂，嘴里含混不清地吐出一串话，这是一个普通的声音，但也是我从今往后可能再也听不见的声音。

多年后,我骑着自行车行驶在奎依巴格镇同样的大街上,在同样的夏夜入梦,空气充满一种干燥、苦涩的微尘,以及清冷月光的味道。

路两边沙枣树压弯的枝条密密匝匝, 花蕾散发出浓重得化不开的腥甜气息,巫术般在我所到之处的黑夜弥漫。

我停下自行车, 猛然看见一轮又大又圆的红色月亮正挂在一处低矮的榆树枝上,觉得自己正被这圆圆的红球笃地撞了一下。

当我心里惊叹着,走到这棵树跟前,月亮灰红灰红地悬挂在刚升起的夜岚中,又湿又沉,但更显饱满圆润,简直要鼓出来。

我想了一下,确认自己从未见过这么大这么红的月亮,心里有些感动。

树林里有不知名的虫子在叫,像金属细微的碰撞声。

在这虚拟的月光中,睡眠、远去的年代在广大的阴影中暗暗涌动,覆盖了我的头顶。

奎依巴格镇为我再造了一片月光, 我骑着自行车从路的两边滑过,又猛地停了下来,四顾茫然。

我想我一定想起了什么。

绿帐篷

这一年春,我家从依奇克里克矿区搬到了奎依巴格镇。

大包小包的行李刚扔下敞篷车,人们蒙了,视野空空荡荡:这里是新家吗?这分明是戈壁滩啊,没有盖好的房子,没有街道,没有广场,没有树,没有草,盐碱地白花花的,日光暴烈得噼啪响,热得要人命。

更要命的是,听说这里风沙大,动不动刮起沙尘暴——中午像黄昏,黄昏像夜晚。而早晨,也有点不像早晨了,土黄色的浮尘轰轰烈烈地在大地浮游,看不见太阳。

有老人颤巍巍地低下身子,抓起脚下一把沙土,伸出舌头舔了舔,眼泪落了下来:“这土是咸的,房子呢?它在哪儿——”

他似乎不相信,自己的余生就要在这儿将就度过。

没有人回答他的话。

下车后,每家每户领到一顶绿色帆布帐篷,由一个满脸胡须的男人指挥,在一大片空地打好桩子,安好一顶顶帐篷。

扎好的绿帐篷区整齐划一,一家挨着一家,占据着奎依巴格北部戈壁,使每个清晨看起来,有一种肃穆的、街垒一样的气氛。

刚搬进去的时候,帐篷是空的,什么也没有。

我父母不断添加进去一些东西:先是木头床,然后是高低不一的木柜,再然后是生铁炉子、锅碗瓢盆。

住下来的当晚,天空刮起了浮尘。似乎有一万吨来自沙漠的沙粒悬浮空中,带着呛人的土腥味儿,一点点地落下,渗进帐篷的各个角落,沙沙的声音落在篷布上,喘息似的微微抖动。

是不是它觉得我们是无名的,人生太轻,要给予万吨重量?

第二天早上醒来,人一掀被子,有如抖落下一个小型沙暴。不用拍脸,那一定是沙子。嘴里干涩,沙子在齿间嘎嘣响。

天还没有大亮,我听见有人在帐篷门口用力叫喊,曲曲折折的声音既干哑又苍凉,在寂寥的清晨显得突兀怪异,还有不安。

我来不及抖掉衣服和头发上的浮尘,也来不及喝口水,清理一下被浮尘堵住的嗓子眼儿,便一把推开了帐门。眼见的一切,被土黄色的尘土覆盖。

黏稠的浮游物浩浩荡荡,到处都有,到处都是,满得不得了,往日熟悉的一顶顶绿帐篷,像浇铸在混凝土里似的。

这时,一阵急促的碎蹄声从浮尘中潜游而出,在我身边成一个无声的黑影。

是一条黑色的大狗。

狗屁股上的尾巴一会儿有,一会儿没有,跑得像要断掉似的。路旁枣树的枝蔓都挡不住它，连早起的一排正摇摇摆摆走着的鸭子也被吓呆了。

紧接着,又窜出一个高的影子,大概是狗的主人。

他光着脚,头发蓬乱,一路嗷嗷怪叫着,紧跟在狗的身后,一起在帐篷区狭窄的土路上狂奔。

隔着浮尘远远看去,短的影子在前,高的影子在后,一个长条,一个短促,像随手捏出来的一样,有种非现实性。

过了好一会儿，这两个影子重合在了一起，很有些瓜葛的嫌疑,但其实不是那样的。然后,两个影子像突然出现的那样,又突然一起消失了。

一个两岁多的小女孩蹲在自家门口,一边撒尿一边哭,风吹过她的脸,把她的眼泪带给了我,她的眼泪竟然不是水,而是许多细小的黄色粉末。

我们来奎依巴格镇定居的第一天，它就以这种干渴的方式进入我的身体,以至于往后的人生,都像被这没有边际的戈壁沙漠覆盖。

天边的云一如既往地从粉紫到灰白。时间一天天地流逝。

就在这样简陋的帐篷里,人们生活得也格外用心,每天清晨在帐篷门口的泥土地面泼洒清水除尘,在废弃的搪瓷盆、缺了角的陶盆里种上喇叭花、晚饭花,还有夹竹桃。

有的人家养了鸡又养了鸭——每天早上醒来时，一群鸡咕咕叫着钻进帐篷刨土觅食,尽管,发白的盐碱地上什么也没有。

帐篷与帐篷之间的小路,是人用一步一个脚印踏出来的,而不是众手铺砌的。

有些人家还在废旧的米缸种菜,菜是小白菜的菜秧。像野草一样东倒西歪,密密一片。此外,还有牵牛花的藤蔓随意地搭在砖垒上。

每天下班后,帐篷区家家户户的烟囱升起袅袅炊烟,烟火气十足。人们在光线昏暗的帐篷内吃饭,低低的谈笑声给普通的一天带来尘世的暖意。

在这样的黄昏,我往往一待好久,看帐篷区来往的路人,看邻居家晚归的小孩追逐打闹，也看我家帐篷门口的粗陶盆里种的晚饭花。这些低矮的黄花粉花红花一起开放，到了次日早上太阳初升,就像小伞一样匆匆收拢花瓣。

这些散植的粉红或鹅黄的铃状小花,都有深绿色的纤巧叶片,它的奇妙之处,在于它的一开一合,与人们的生活习惯背道而驰。

我嗅着它们淡然无味的香气,觉得自己像极了这些晚饭花,在无人理睬的晚上独自开放。

因为每家帐篷挨得近,入夜时,可以听见人翻身时床板发出的嘎嘎声；早晨上班临出门前急促而忙乱的脚步声；一脸倦容的主妇,在屋里沉闷的炒菜声;隔壁邻居家的男人嘶吼几句秦腔,自家对面维吾尔族人家弹起都塔尔琴;小孩在大铁盆洗澡时,弄出的哗哗的水声;夫妻小声吵架的声音;饭勺敲击杯子的叮当声——

我家帐篷对面住着一户维吾尔族人家。他家有四个孩子六口人。

那天,面容消瘦的男主人守在门口,他就着凉茶水吃热乎乎的馕,偶尔放下茶碗,抽味道很浓郁的莫合烟。

他脚下的收音机脏污破旧，正放着维吾尔语歌曲，音乐声很大,欢快、热烈的旋律像是维吾尔族姑娘的裙摆,就要从收音机里旋转出来了。

我端着饭碗坐在门口,心不在焉地听着这些旋律,恍惚间竟产生了一种误投尘世的感觉,对睡眠的渴望也随之而来。身躯因疲劳而呆滞沉重，可是我还没有睡意，猜想遥远处的戈壁沙漠如何辽阔,是不是像大人们所形容的那样,那是如同疲倦一样的恒久无尽的事物。

他身边站着他家的小女儿,大约十一二岁的样子,她将一把一把的杏仁塞到碗大的石臼孔里,倒上些许清水,再快速转动石臼把子。

不一会儿,散发出浓郁杏香的杏仁浆汁就研磨好了。

可能是我焦渴的眼神打动了她，小女孩将少许乳白色的汁水倒入煮沸的砖茶水中，盛了满满一碗杏仁茶递给我，示意我喝下去。

她不懂汉语,我不懂维吾尔语。

但我顺从地喝了——我曾经喝过她家的药茶及蜂蜜茶，还是第一次喝这种口感纯粹地道的杏仁茶。

随后,这个女孩又端来一碗晾干的杏仁,指了指杏仁,又指指嘴巴,意思是让我吃杏仁。

一群在满是尘土的路上疯跑的孩子,不知嗅到了什么,突然像小动物一样围了过来。不一会儿,个个嘴巴鼓鼓囊囊的。他们围看了我好一会儿，感觉从我手中和衣服口袋里不可能再找到吃的东西,就没耐心了,大呼小叫地散开了玩耍。

几个维吾尔族妇女,头顶着发好面团的盆子,一路说笑着穿过帐篷区,结伴去河渠旁一家馕店打馕。

像无数个相同的夜晚一样，夜晚的幽凉夜气与水渠边枣树腥辣的气息,还有常年堆积落叶的腐败气息混合在了一起。

刚开始的时候,帐篷区没有接上电,晚上全靠月亮照明,一旦月亮被云层遮住,就没有任何光线了,任凭帐篷外,野猫的嘶叫像剪刀划破夜晚的空气。

奇怪的是,经常停电这件事,对于我们的日常生活似乎没有什么影响。

只是与往日不同的是,黑夜变得格外安静和漫长。听觉也似乎变得格外灵敏。当天彻底黑透的时候,那种黑,简直渗透了我的胸腔和外套之间的缝隙。

一排排绿帐篷立在夜晚的戈壁沙漠里，任凭月亮把冷冷的光投射在上面。墙角的杂草随风窸窸作响。

两棵刚栽下的槐树,像两个孤单的人。其中一棵树的树冠上有一个残破的鸟巢,无论白天黑夜都睁着深渊似的“眼睛”。

风吹动帐篷的细碎响声，慢慢灌满每一处积满物质和时间灰尘的隐秘空间。梁柱、墙角、浮动在其中的人、墙角的鸡、夜鸟及昆虫,像被施了巫术似的,全都停止了声息。

我在夜晚没有月亮的黑暗中，惊讶为什么一种黑暗会如此不同于另外一种黑暗——我弯下腰来,影子也跟着黑暗折叠。

我睡觉时,衣服被黑暗镶了边。

当我戴上防风帽到帐篷区尽头排队上厕所，帽檐在我脸上留下一个暗影。

当我在屋子里洗脸,在黑暗中给自己擦上了肥皂。

我把手伸进墙角的麻袋摸索洋葱和胡萝卜，首先感受到的也是黑暗——因为,麻袋瘪进去的那个洞,就像夜晚那么黑。

夜更深了。

我看见母亲在帐篷一角的铁锅前蒸土豆，那是一种可以吃的黑暗——土豆和黑暗。我必须先把黑暗赶走,才可以吃到肚子里。

我们坐下来之前,必须把黑暗赶走或者分开。它蹲在我们看不见的地方，像帘子一样扫过屋子，有时候它呈现为我们需要的东西:一张床,一个装满水的铁壶,一只铁锅,等等。

我妈、我爹还有我在一起吃晚饭,饭是汤饭。间或有一句没一句地说话。

这是可以品尝的一种黑暗：汤饭和黑暗。

黑暗慢慢变成一本书。我学着在其中观看，学会看穿它，学会看到自己的黑暗。

当我有时候不得不在外边待到很晚才回家，让我感到害怕的并不是来自母亲的拳头，而是黑暗本身。

但我是幸运的，即便是他们中最不幸的那一个。因为天总会亮的。

冬天来临，天气严寒彻骨，无风、冰冷的空气像要冻结人的肺。

但坏气候没有动摇人们的心。

人们每天从各自的帐篷出来去工地干活，他们一路打着招呼，每个人的眼睛都是新鲜喜悦的——在那个着魔的年代，一切似乎蕴藏着无限可能。

人们对这片戈壁荒滩进行规划，挖了渠水，将沙枣树、榆树、新疆杨苗一棵棵整齐地栽种在水渠和道路两边，他们忍受着沙尘暴的侵袭，忍受每天长时间的辛苦工作、寒冷和指令。

那些日子里，一部分人夜以继日地打土坯，脚踏在硬实的盐碱地上哧哧响，好像从没有静止的时候，砖块晾好后盖起了土坯房子、架木檩、搭木椽，在屋顶铺上干草和厚厚的房泥。

阳光和尘沙融入他们的血液。如果有谁累死在工作岗位上，那会是一件很光荣的事情，为什么要这么做呢？因为，那是激情。

人们干活时，时间静止，呼出的热气升起，在他们的头顶上形成一小片云——不,那是像要凝成结冰的湖泊。

到了来年夏天,男人们为节省衣服,都赤裸上身劳动。成百上千男人挖水渠的赤裸身体,远远看上去,像一道浊黄色的洪流。

听大人们说,要不了两年,这座戈壁滩将奇迹般的构建出人们之前所描述和许诺的城镇:公路两旁会有一排排挡风沙的新疆杨,耐旱的沙枣树、榆树,土坯房是十连排的,一家一户院子——他们还将建起横平竖直的马路,还有职工俱乐部、商店、镇巴扎、学校和医院、灯光球场。

在他们的描述中,这是小镇最初的雏形。像一个虚构的世界从盐碱滩升起,在地面上微微颤抖。

我听了之后,没那么欢喜,却感觉自己理解不了奎依巴格镇的布局方式。它看上去可能是东一块西一块的, 没有章法地向外扩建,像一块发酵的面团随自己的意愿膨胀。

这个季节的南疆多是晴天,天蓝得坚硬光滑,令人心生忧伤,风浩荡而有力,大朵白云,从早晨到黄昏,排着队从天上走过。

与它有着同样力量的南戈壁广阔无垠。

我一次次地走在晴朗天气里的南戈壁滩,走了很远,不时避开有刺的灌木丛,还有沉默的蜥蜴。

那些日子里,我最爱去的地方,就是小镇尽头的南戈壁滩。

它足够大,大得能让我无畏前行。

一个个灼热难忍的夏日正午,万物困倦,日光热烈,像大火熊熊燃烧。戈壁滩的空气中弥漫着一种细细的、无所不在的、神秘的声音："咝——咝——咝——"但那不是虫鸣，不是风声，没有方向，找不到出处，屏气听那声音时，它便消失了，再一转脸，那声音重又聚拢过来："咝——咝——咝——"

开始我以为这声音是幻听，是耳鸣，到后来才发现，这若有若无的声音是新疆的大戈壁滩所独有的。

万物如同戈壁滩这铁锅中不变的炒货，这声音就是那最后一点水分蒸发时发出的天籁之音。

到了秋天，天空深远湛蓝，只有我和我的阴影在移动。

大概是受到南疆金黄胡杨林的吸引，众多的猎物如黄羊、野骆驼、野兔、野猪等纷纷在此落户。

想想看吧，戈壁滩无边无际，一群群黄羊像汹涌的朝霞一样，奔驰在平坦、开阔而又干爽的戈壁腹心，蹄子践踏起滚滚尘土，让大地有了微微颤抖的感觉。

蜥蜴听到后，从灌木丛中蹿出，土拨鼠则迎风站立，看着黄羊群远去的身影，身子被风吹得微微抖动，它想开口叫，更大的风声在它耳边呼啸，漫天呜呜作响，而头顶上的天空湛蓝，空无一物，看它们渐渐消失在大地的起伏中——

因为野生动物的出现，从外地来的车子渐渐多了起来，他们途经这个小镇，远远地就能听到他们的汽车喇叭在小镇唯一一条公路上发出的鸣叫。

偶尔有睡不着觉的晚上，我睁着眼睛，在家人此起彼伏的呼噜声中，依稀听见帐篷外边有长途汽车驶过的声音，那声音越来越大，像要充满整个奎依巴格镇。

我甚至还感觉到了汽车驶过时带起的气流。

我忍不住地想，在这样一个荒芜闭塞的地方，会不会有人想到有我这样一个少年存在？

风吹过排列成行的绿帐篷，吹过道路两旁的新疆杨，吹过新疆时间，吹到戈壁滩。而那些吹过去的时间，是永远也找不回来的。

我只好拼命地赞美，赞美这无人知道的秘密之地，赞美强大、横扫一切的风，赞美形状像骆驼的云，喇叭花比昨天多开两朵，我也迫不及待地赞美。

似乎我只要赞美，就有人热切回应。可我的赞美语无伦次，词不达意，安抚不了我的心虚。

有好些个夏夜，一个打球的男子，独自一人在镇机关场部的空地上打篮球。那是一个年轻人，他穿着白棉背心，托着篮球一次次起跳投篮，动作娴熟，富有一种力量的美感。

看起来，他是真心喜欢这个篮球运动。

有好多天，我远远地站在路边一棵新疆杨下面看他打球，觉得自己快要爱上他了。

可我爱他什么呢？大概是爱上了他的寂寞吧。

他时不时地停下来，在脸上抹一把汗，帅气的动作很吸引我。

我也学他，用手背在自己额头上擦一下，手指沙沙地抹下来一层细沙。

又一年春，大地冰雪消融，一层层泛绿，人世间最早的芳香已经从盐碱地、从花朵中、从一切已然成熟的万物里散发出来。

每天一睁眼，天就大亮了。昨夜沙尘暴的浓尘散去，露出澄澈天空。掀开绿帐篷的门，阳光哗啦一声落在床铺上，金币叮当金针密密，把我的眼睛晃得发痛。

风一住，天一清，槐花沙枣花开过，就是炎炎夏日。

小镇上有工作的人，在单位领到一份用来消暑的劳保——半公斤绵白糖，还有茶叶。待家里的茶叶罐子快见底的时候，转眼又是秋天了。

秋风携来凉意，炎热正从这个被沙漠包裹的小镇消隐，人们穿起了长衫长裤。帐里帐外有明显的温差。特别是早晨，懒起的孩子们不敢把脸蛋伸出被头，一旦伸出，就感到室内空气寒冽异常。还没推开门，想象一下自己出门的情形，就不由得倒吸一口冷气。

我家帐篷斜对门的一户人家，是四川人。一堆没有劈过的柴火在帐篷外整齐地码放，上面晾着新鲜的白萝卜干、红心的萝卜干，还有豇豆——红红绿绿的，很好看。

我兴奋极了："妈你快过来看，她家晾干菜了。"

这天，我妈头不梳、脸不洗地去她家取经，买来一堆蔬菜使劲地清洗一番，准备进行腌制。案板箩筐里摆满了切成片、块，还有条状的白萝卜、黄瓜、青红椒，煮好的辣椒水胡椒水有一股清爽的甜辣味道，让整个帐篷散发出一种世俗的、过小日子的、热气腾腾的气息。

在临时的帐篷小学,我的小学班主任是我母亲,而教语文数学的,则是个随军来的家属,四川人,是个邋遢的中年妇女,长得一副男相,一条粗黑的大辫子垂在脑后,走路的时候摆来摆去的。

一年到头,她穿一条走路带风的黄绿色大裆裤,一条裤腿总是挽上去,她用纯正的川音,教我们朗读语文课文,教算术加减法,还教唱歌。

当我们知道她的学历才是初中时,便很不屑,觉得自己的将来要被耽搁了,于是就有孩子逃课。

她便痛心疾首地骂我们这些孩子:"你们这些造粪机器啊,整天就知道拉了吃,吃了拉。"

"造粪机器"这四个字陌生而又新鲜,我们一点没觉得它是句骂人的话:啊,原来我们是这样的啊。

这句话很快传了出去,当人们反感某个人行为的时候,就数落说:"造粪机器,你造粪机器啊你。"

我也喜欢逃课,逃课去镇东巴扎闲逛。

巴扎日牲口集会上,有好多人看那些笨拙的小公牛,尖声叫唤的绵羊。

巴扎街口处有一个卖羊杂碎汤的小食铺,简陋得无以复加,可能许多年前它就是这样简陋,但是每天来吃饭的人却不少。混合着青菜的羊杂碎盛在一个半旧的搪瓷茶缸里,一个个紧挨摆放在屋子中间的大铁炉子上,茶缸里咕嘟咕嘟冒出的香气把空气变得潮湿温暖。

很长一段时间过去,我还是一点都听不懂当地人说的话。他们不停地说,说——时间在往前走,他们的话也越来越多。

慢慢地,我熟悉了他们的口形,他们说的话,我也能明白一些了。

来奎依巴格还不到两年时间, 似乎我们就已淡忘了依奇克里克。

它的故事到此结束了吗?它被抛弃了,唯独将古老的激情,车辙印般遗留在那里。

再也没有一条崎岖的、蜿蜒的山路通向它。

一天黄昏,帐篷区尖翘的帐顶上,有如一束束火苗蹿起,瞬间在这片戈壁沙漠中心燃烧起来,整个小镇变成了漫延的海,远处昆仑山峻峭的冰峰,像煅红的剑刺向天际。

我倚在自家帐房一角,凝神看燃烧的红霞,五脏六腑也像在灼灼燃烧,因为每人的前胸都镀上了一层金红色的霞焰。

一个两三岁的小男孩举着一个酸角包从我面前走过, 他仰头看着烧红的天,突然,一群鸽子像碎纸片一样飞,翅膀被染红了。

他的嘴慢慢张开,慢慢地伸出染着红醉霞火的胳膊,咿咿呀呀地叫。

啊,这是真实的人间吗?那为何,我的心里会感到难过呢?这难过,是觉得它很快就会消失了。

我的眼睛发痴地盯着在晚霞中飞舞的鸽子,羡慕它们的自由,羡慕它们和伸向远方,又延伸到远方的天空和田野。

所有自然的事物都安于自己的位置,那我呢?

被戈壁沙漠困久的孩子总是沉默和胆怯的,就像我,心里总有那么多的不甘心,总是在盼望,总是在失望,也总是在犹犹豫豫。

这样胡思乱想着,直到天空燃尽的红霞被我久久拖着的目光送走。

那些日子里,被人们议论最多的,是一对夫妇。

说是有一对退休的老年夫妻突然离开奎依巴格镇,回到了依奇克里克。

有人在那天清晨,亲眼看见这对老夫妇背着行李从帐篷区离开。

有人问他俩去哪儿,老妇人说:我们回山里啊,我女儿一个人在那里很寂寞。

人人都知道,老妇人的女儿,是一位年轻的地质勘探者,在一次勘察时突遇山洪暴发,被淹死在那条红色大河中。那年她才十九岁。

这个传言虚虚实实,被人谈论了很久。

这对老夫妇知道怎么才能回去吗?我知道的。即使我所去之路总在我的前方,通向它的道路却永远曲折难寻。

依奇克里克距离奎依巴格镇五百多里路程，想要到那里的话，要先乘坐短途汽车，两天一夜后到达库车，再找拉油卡车到那个矿区。

天地间只有一轮快要熔化的烈日和脚下一条干渴的道路。拉油卡车像一粒青石子，在红细沙匀净平滑的空阔河道缓缓滚动。

当车子开到一条大深沟前时，我们迷路了。正当我们不知所措时，可能会有一个捡石头的维吾尔族汉子走过来。

我向他比画，问依奇克里克怎么走。

多亏"依奇克里克"是一句维吾尔语，这位汉子终于听懂了我们的意图。他指了指伸向前方山内的一条红色大深沟，用生硬的汉语说："依奇克里克吗？就这个样子直直地走——再直直地走，那边远远的地方一拐，就到了。"

于是，我们重又上车，继续沿着蜿蜒在戈壁滩上的便道向天山腹地行进，天上有毒花花的日光，而两侧则是连绵起伏的丘陵，便道被车辆碾轧得很深，这是一条常有载重车辆行走的道路。

车子微颤，在山谷响起寂寞的节奏。

这时，我可能会遇见一对放羊的父女俩，女孩笑着问我，你怎么回来啦？

好像她认识我，好像我们昨天才见过面似的。

我说：我回来看看。

他俩听了后笑了起来，我也跟着笑。

然后，女孩又问我：你吃了吗？

没等我回答,她又没完没了地笑了——我们一起笑了好久,好像这句话是个很可笑的笑话似的。

当车子疲惫不堪猛地拐进一个沟口，两侧鲜红浓重的山崖猛地挤压过来——那红色的强光一下子击中了我。

看啊,那山,赤裸的鲜红山岩,就像血流满面的粗野哑巴,他愤怒地拧挣着身子,向上蹿跳。

我再找不出任何语言形容了。

山脊在左，密密的沟纹竖立着，绞结成一个个凝固的红色火焰,连绵成一条红褐色山脊。

是的,我自幼就见过这样的山,并且在这样的山里生活过,遭逢这样的生活之后,最终,我什么也说不出来,只能把它深深埋在心底。

在这条狭长的河谷之中,密密麻麻散布着大片蜂窝状的东西,越来越近。定睛细瞧，河谷里分布着几百间废弃房屋的残垣断壁——它就是依奇克里克。

一些牧羊人临时居住在废弃的房屋里。

白天,他们在河谷里放牧,老人们三三两两地聚集在房屋的土墙下,或蹲或坐成一排,一边晒太阳,一边唠嗑。他们讲话时很大声,好像他们彼此间离得很远,争论的时候也像吵架一样。

要不是这声音同他们和善的脸成正比，眼前的这些人肯定会吓到我。

如果我有幸在废弃的某处房屋遇到这对老夫妇，其中一个人会不会问我:“你是谁家的孩子?”

然后,我说出父亲的名字。

他可能会笑着对我说:“啊,原来是你呀,都长这么大了。如果我女儿还活着的话,也像你这么大了。”

我不知该说什么。他的目光温润地看着远处的红色群山,长时间地沉默——这些都是我的想象啊,脑海中无数次呈现的画面而已,现实中的我,其实一次都没有回去过。

还有人说,这对老夫妇回到依奇克里克后没多久,又离开了。

此后再没有他们的消息。

这个被人抛弃的地方,已成为放羊人的家园。

多年后,更多人离开了他们亲手建造的沙漠边镇——奎依巴格。

这些人中,也有我们一家。

我们为什么不能永远地在这个沙漠中的小镇生活下去?就像当年,我们没能在依奇克里克矿区生活下去一样,有不少原籍四川、山东、陕西的人回到了故乡,与过去的生活断然割裂,让新疆生活成为没有根基的存在。这其中,以川籍人最多。

他们在南疆这儿就喜欢扎堆,待回到故乡后,难以融入当地生活,但还是喜欢扎堆——几家或者十几户老邻居老同事买房买在了一个小区。

他们买东西习惯说“公斤”,而不是“斤”,他们说新疆味儿很浓的“重庆话”“成都话”，抱怨重庆一年四季雾蒙蒙湿嗒嗒，冬天阴冷，从 4 月到 11 月却炎热不堪，太阳像火，天却像块旧抹布，灰沉沉的。

当本地人好奇地问他们从哪里来，他们望向西边，说：新疆啊，那儿的天很蓝很蓝，明亮得像燃烧，全国都找不到比那儿更蓝的天。

他们说这句话的时候，目光虚虚的，很怅惘。

但是，又为了什么一定要离开奎依巴格呢？

过了秋分，我们从绿帐篷搬到新家了——十连排的砖房，一家一户院子。

我在帐篷区住的最后一晚，傍晚时云在天空飞快地移动，乌云密布，刮起了干硬的风，大风猛烈，竟掀开了帐篷尖顶的一角，但我的家人谁也不去管，都说，凑合一晚吧明天一大早就离开了。

到了半夜，我好像觉得周围有光。睁眼一看，心里忍不住地“啊”了一声，风住，天晴，帐篷露出一角，尖锐、硬亮的星星低垂，像有好多细微的灯盏格外偏爱这绿色帐顶，偏爱弱小的我，它们有的微红，有的金黄，有的闪烁出白光，聚在一起向这儿投射，猛地从帐顶一处洞口突然涌下来，被我看见。

让我觉得，这深夜的天空并不是完全漆黑的，而是黑里透着一点蓝，非常深的蓝，是深得无限的蓝，极度的明净让人无可抗拒。

就像多年后的最后一次告别，无可抗拒。

我着迷地看着星空，想了一会儿过去的事情，又想了一会儿未来的事情。在这之前，我只爱着自己，待我稍大一些，加入了一点对他人的爱，而此时此刻，因了这星空，我又加入了一点对奎依巴格的爱——那是一些大于世界的事情，大于地面上的事情，以至于我的眼睛，再次充满了泪水。

露天电影院

冬至那天晚上,天刚黑,我找贺五梅到奎依巴格镇广场看露天电影。一路上,寒风彻骨,没有什么人在走动,冰冷的空气几乎要冻结我的肺。

我走到贺五梅家门口时,她家玻璃窗透出昏黄的灯光,诱惑我捕捉她的影子。我搬了两块砖,踮起脚朝窗子里面看,她正靠在叠成四方块的被子垛上织毛活儿,打一会儿,就伸出巴掌比较一下。

我没有像以往那样,勾起手指敲三下玻璃窗召唤她,而是盯着她看——她织了一会儿毛衣,就搁在了一边,若有所思地看自己的左掌。我俩曾比较各自的手掌,相比较而言,我的手掌纹路分明,而她的手掌却像老人的手掌那样模糊成片。

现在,她想要看出什么呢?是未来吗?

突然间,可能因为害怕,我的身体一阵颤抖。我突然意识到自己是悬在半空,距离地面不是两块砖,而是足有一辆解放牌汽车那么高。

一

如果仅从带来快乐的方面来衡量，没有什么地方能与南疆奎依巴格小镇红桥广场的露天电影场相比。

其实,红桥广场并没有桥,也就是因为它的一溜围墙涂了红漆的缘故吧,被人奇怪地称为“红桥”。红桥叫得响亮而不自惭。红桥广场足有三四个篮球广场大。在我们孩子的眼里,它是小镇最“豪华”的场所了,因为只有红桥广场才被奢侈地铺上了水泥地面。

可是在大人眼里,红桥广场历经了数年风雨,早已灰颓、残破。围墙上剥蚀的红字仍大得触目惊心。当年,小镇上有多少重要的活动在这里举行啊,开大会,听报告,演戏,只要是需要集合的事,全在此处进行。

特别是看露天电影。

每个人都该有一个恶习。要么喝酒,要么踢球,要么“搓麻”——一个美好的恶习,你总该有一个吧,否则自己是否还算一个活人?可我不可救药地爱上了看电影。

仿佛吹过露天电影场的风,改变我对世界的认识,它不再是电影院的过客,而是真正的主角。这样的场景,在我少年的露天电影场一再被看见过——风吹过白色幕布的一角，也吹过我起皱的衣裙的一角,我穿梭在对它的迷恋与厌倦之间,犹如我置身于灯与幕之间,回头看,令自己心惊。

不仅是我，看露天电影是当地人生活中的一件大事——那随时在观众脑后喷射的一束光柱，在没有年代的黑暗里骤然浮现，然后，黑与白、光明与黑暗、现实与梦境……像一股神秘的气流，向着永恒的世界微微启动嘴唇——电影的嘴唇。

傍晚，孩子们吃过了潦草的晚饭，便被大人们催促着去广场占位子。孩子们头上顶着、胳膊夹着方凳，一路上吆三喝四，欢笑着相伴而行。随后，大人们也陆续来到了广场。

电影开始上映前是整个夜晚最混沌不清的时刻。

在灯光所能照到的范围里，人们相互打招呼，嗑瓜子闲谈，起身出去买冰棍和杏子吃。小孩子们在人群中挤来挤去，手里捏着用两分钱买来的一小包“酸枣面儿”。他们喜欢用牙齿尖儿一点点地啃下这酸溜溜的东西，含在嘴里，溢出满嘴的口水。

一架放映机置放在广场的中间，正对着银幕，坐在放映机周围的人们不时转过头来，用敬畏的目光看着放映员那张旁若无人的脸。微小的蛾虫在一束绸质的光柱中起起落落，飞翔在也许是此生最后的暮色中。

姑娘们总是姗姗来迟。她们三三两两结伴而来，身上一股雪花膏的香气让整个夜晚变得暧昧不清。姑娘们坐在广场中看上去是最中心最引人注意的位置——低语的声音让整个夜晚变得温柔。

这时露天电影场上的大喇叭正播放着当时流行的电影插曲《我们的生活比蜜甜》或者是“幸福的花儿心中开放，爱情的歌儿随风飘荡”。

这时，会有一两个调皮的小男孩冷不丁地从人群中钻出来，站在她们身后，不怀好意地捏腔拿调："爱——情、爱情、爱——情、爱情！"然后，一下子就窜出人群了。姑娘们愣了一下，然后爆出更为放肆的大笑，惹得旁边几个好管闲事的中年妇女一阵白眼。其实，电影好不好看、是什么内容并不重要，重要的是她们青春的电影已经开始上演。

霞光在高高的白杨树上晕染最后一抹颜色，大树下的影子渐渐拉长，红桥广场上的人越来越多，人们兴味十足地守候着一个未知的夜晚。

我记起一个场面。

人群中有人喊：快看天上，飞机"拉线儿"了。人们一起抬头往天上看。夕光里，一架小白点儿似的飞机端坐在云彩之上，屁股后面跟着一条长而直的白线，大家都说好看真好看。

忽然，广场的大喇叭响起刺耳的铃声，一道灰白的光柱从人们的头顶上方直射过来。天，像一块蓝绸布倏地一下暗了下来。

夜盘踞在电影场上空，一些模糊的声音、色彩以及游移不定的情绪在此时留下了痕迹。我就这样沉湎于一种幻觉中，像要用这种方式把成人前的时光迅速消耗掉。

夏天，一朵带着雨气的云飘过露天电影院，随后，雨落了下来。看电影正看在兴头上的我们头上蒙着捡来的塑料袋，慌忙躲在广场旁小卖部的屋檐下，看雨在眼前织成了一道细密的雨帘，幕布上也是白茫茫的一片，只听见激烈的对白在人影寂寥的广场回荡。

我们不知道，落在身上的雨和银幕上的雨哪个最先将我们淋湿。

秋天，一股隐秘的气流拍打着露天电影场白色幕布的一角。随后，一股更强劲的风携带着砂石、落叶以及更多的尘土吹来。哦，秋天，在瑟瑟秋风中，幕布上被风吹变形的脸在风中飘摇，扭曲。我们追逐着吹过露天电影场的风，追逐着那些永远也抓不住的影子。

冬天像驼背的老人，步履坚韧而又毫无目的。人们日复一日、年复一年，陷身其中却早已觉察不出其中的单调。最冷的夜晚，我们穿着老式厚棉衣，脚上蹬着棉窝窝在露天电影场，以此度过激动人心的一夜。

这一次，我与贺五梅看的是一部阿尔巴尼亚的电影《宁死不屈》——我们是坐在银幕背后水泥台阶，在幕布的反面看完这部电影的。

这样的夜晚与众不同。在露天电影场，我看到了许多不为人注意的东西。广袤天空下，四周渐渐安静了下来，一束光投到由两根木柱绷紧的白色幕布上，音乐声响起，无比单纯的旋律，好像一个正要起舞的人在舞台一侧犹豫不决的脚步。我坐在高高的台阶上，满脸通红，仿佛唤醒了一种久已遗忘的力量——

夜停留在电影场上空，一阵风吹过来了，在混沌的黑暗中，寒冷正不动声色地降临。就在这时，我看到了流星。巨大的彗尾流光溢彩，迅速地向东面的天际滑下，我甚至可以听到光熄灭的声音。

我无从知晓那到底是我的幻觉，还是别的什么。但我仍固执地相信，只有我一个人看到了流星。

在这部影片的片尾,德国党卫军少校“汉死疯死多死”(译音)又帅又坏地对被俘的米拉说:“生活是美好的,姑娘。生命对我们只有一次,外面阳光明媚,人们享受着生活的无穷乐趣,可你呢,却在牢房里受难,你会死去。”

但美丽的米拉留恋地张望着美丽的城市,然后伴着歌声,从容不迫地赴死。

当幕布打出“剧终”的字样,片尾的镜头中,地下工作者米拉和游击队队员阿费尔蒂达宁在赴往刑场之路上,迎着漫天雪花的背影渐远渐去——像两盏明灭的灯。

这是我俩第三次看这部影片了。

但是这一次,贺五梅流下了眼泪——这场电影,成了她乘坐的一架成功穿越时间隧道的机器,她仿佛被一道突然的闪电击中,一下子脱离了这个时代的重心,掉落到一个全新的世界中——让她有了一种长大成人的感觉。身后笔直空旷的马路像陷阱,也像泥沼,整个小镇街区的生活、年代、记忆等等慢慢开始清晰。

这场电影有意无意所暗示给她的那段历史中的现状,与自己生长其中的现实出现了严重的分裂——在这之前,她以为自己是史无前例的崭新的一代,肩负着某种使命。

可是这天晚上,当她从露天电影场里出来,她身上有一种超乎寻常、远比她自己更加伟大的心跳降临了,它在胸腔里,听起来那么清晰、深沉、磅礴——那是真实的人类的心脏。

她盯着我的眼睛,紧紧抓着我的手说:“我很羡慕她俩这样死去,幻想有一天,你,还有我,也会成为这样的英雄。”

我不知如何回答,整个身体热乎乎的,却不知薄薄的雪,早已在身上一层层地落下、落下……

二

在南疆,夏天是雷电暴雨一闪而过的舞台。一场电闪雷鸣,然后归于沉寂。

每年这个时候,南疆人最先闻到的是沙枣花的味道,人世间最早的芳香从土壤、从花朵、从炎炎烈日所照射的无辜的物种身上散发出来,与这混沌之初尚未开化的戈壁荒漠融为一体。

这时候,南疆小镇如同乡下,路是沙土路。一到下暴雨,路就变得软绵绵、皱巴巴的,像一锅厚粥。各种车轱辘把自己的形状、尺寸留在上面,同时还留下一些大小不一的水洼。走过去的人,在这条路上留下了垫脚的砖块、破木板、草团子、旧皮包、烂鞋子。

等大太阳出来,晒干了稀泥巴,这条路重新又变得尘土飞扬。

我最后一次看见贺五梅,肯定是在这样的夏天。

这个夏天,十七岁的贺五梅主动报名下乡到和田皮山县阔什塔格乡博斯坦村。临走前,镇上还给她和另外几个人举办了一个小规模的欢送会——她戴着大红花,那天,她身上穿的不是从前那件旧军装,而是一件新衬衫,淡绿色的确良,尽管衣服有很明显的皱褶,但不影响她一举一动透着庄重。是的,她还是那样,无意树立自身为楷模,却把他人逼向一个惭愧的境地,特别是我。

那是贺五梅唯一留在我记忆中的形象。这个形象如此牢牢地挡住了十七岁之前的我,以至于只要在黑暗中闭上眼睛,我就会闻到多年前暮夏的气息——那恰好是南疆沙枣花的气息。

她离开小镇后,我独自一人去镇广场上的露天电影场看电影——一部南斯拉夫拍的,关于桥的电影:《桥》。

异常闷热的夏日夜晚,没有风,露天电影场上人影寥落,场面冷清得令人沮丧。

没有了贺五梅陪伴,此时的露天电影场像沙漠戈壁,更像孤独的人的黑夜,并不比现实中的黑夜更加真实和宽厚仁慈,我心里空落落的。

银幕上,绵长的大桥之上是炎炎烈日,但没有传感到热度,只有冷寂和凉意。

影片结尾,负责保护大桥的德军上校看着断桥,悲哀地叹道:“可惜,真是一座好桥。”

峡谷对面,游击队少校“老虎”也对着升起烟雾的断桥发出感慨:“可惜,真是一座好桥。”

电影散场后,天已经完全黑了。

当整个世界暗下来,我在路灯下投射的影子像小小一摊暖黄色水渍,正在黄土中干涸。才发现这么多年,我是被自己的影子给困住的。

“啊朋友再见,啊朋友再见,啊朋友再见吧,再见吧,再、见、吧——"

一个(或多个)男声这样唱着,这歌声像是对我、对贺五梅的过去衷心而善意的告别。

从那以后,我再也没有见过贺五梅。听说她因出色表现,被逐步升级的讲用会送到和田地区当成典型人物宣传。

再后来,她嫁了一个当地人——那一年,她三十二岁了。

很快就到了二十世纪八十年代末。

我要告诉你的是,贺五梅下乡的那些年,从未回过南疆小镇的家。

从此,你别再指望我从这里听见有关她的任何消息,既然,她把自己作为一粒种子深埋了。

三

当我看到电影中某一个令我心仪的女人的时候，我会对自己的心悄悄地说:"瞧,这就是你的同类。"

但更经常的是，我会说另一句或许是充满幻觉的话:"你看这个人,这就是我。她将代替我生活,代替我迎接各种各样的爱与死亡,还有无边的落向心灵的大雪。"

我想要说的是《德克萨斯州的巴黎》。

那是一部弥漫着悲伤的蛊惑气息的电影,漫长而郁闷,很少有台词,因而是沉默而安静的。冗长的死气沉沉的节奏呈现出的危机与焦灼感令人窒息，就像一场不为人知的大暴雨即将降临在爱情流离失所的德克萨斯州的巴黎。

银幕绵长的沙漠公路上,是炎炎烈日,但没有传感到热度,只有冷寂和凉意。

生活中,什么东西最令人动情呢?我认为是普通人身上所透露出来的那种悲伤的力量。木讷的神情、茫然无措的举动、说不清的欲望,那个中年男人,始终迷失在孤独的、落寞的、流浪汉的生活里头。幻灭感是夜色中的心灵无法承受的。

数年后一个异常闷热的夏日夜晚,没有风,我在人影寥落的露天电影院看到了这部电影。

这部死气沉沉的影片开始让我颇不耐烦，看着看着便打起了盹,但又总被电影中悲伤的吉他声惊醒。睁开眼睛,仍然是无边无际的德克萨斯州的沙漠公路，仍然是那个男主人公疲于奔命的喑哑的眼神。我慢慢地看起来,内心的焦灼感似乎开始减轻了。

最后,女主人公坐在镜子前的一段漫长的镜头,成了电影中的经典。她滞留在德克萨斯州的巴黎的记忆里,也滞留在与一位中年男人遥遥相望的记忆里。

她成了一幅肖像，一幅被梦想之乡与脆弱的现实相隔的镜中之像。

灯亮了,该回家了。我听到坚持到最后在场的几个年轻人打着疲倦的哈欠,搬起凳子准备起身。显然,这部片子并不符合边疆小镇人的审美趣味。露天电影场人影寥落,冷清得令人沮丧。

路灯亮起来了,我失魂落魄地走在回家的路上,二十世纪八十年代最后一年流光了的泪,仿佛流感一样,又突然出现在我的眼中,还有微弱的、因流泪伴随而来的快感。我四处瞅了瞅,有些替自己害羞。我走得如此缓慢——打量着迎面而过的路人,仿佛沿途在寻找什么。

我仿佛不认识我眼前的这生活了多年的小镇了。

我一遍一遍地在心里对自己说:“我能看见的生活在什么地方?如果我能回答出来,我就可以死了。”

是的。我从来就惧怕真实的生活。

虽然我已有多年不会再为生活中美的幻灭而驻足了。我不知道,血、死亡、绝望、伤口这些只有从电影中听到或看到的字眼对我来讲越来越不是抽象的了。也许只有你知道,在我更年轻的时候,在奎依巴格镇,我仿佛生活在舞台上,渴望自己的生活不是平安和幸福,而是激烈的情感和冲突。那时,整个的世界展现在我面前,如同一个辉煌的背景,任何悲剧都有美学价值,为了瞬间的激情,我会不惜一切。

但现在不同了,我开始别无选择,将理性和安全置于虚幻的体验之上。现在,我已远离与我相距咫尺的危险,以及那些甘心自毁的诱惑。

我还能说什么。没有话说。

但我仍然固执地喜欢看电影,喜欢那些我抓不住的光与影。我后来去过的电影院都在城市，有全景的、立体的、球幕的，但那些时尚的、喧哗的边城电影院没有一处比得上我童年和少年时代的露天电影院豪华。

那蓝色的天穹缀满宝石的灯盏。

很多时候，在电影院门口，我手里捏着一张纸票，被人流挟持着远离乏味的人世间，听电影中的女主人公说着与我同样的话。激烈的、伤感的，抑或愤怒抑或柔情的对白在静穆的大厅里回荡。直到铃声响起，银幕上打出"剧终"两个字。

夜行车在夜晚空旷的大街上悄然行驶，车轮在柏油路面上摩擦出沙沙的响声。夜深了，一格格流蜜一样的灯光一一熄灭。熄灭了的，还有远处那流蜜一样的眼神。我曾目睹过故事里的新鲜时光，那时，女主人公也有过如花的容颜，这是世上一切故事的开端。

就像我少年时期的同伴贺五梅。

现在，我回到家，然后入梦，以此躲过清冷的黎明。

当正午醒来，我看到昨夜的女主人公还在路上，最明亮的时刻里最幽暗的影子。

长途汽车

一

那时候,还没多少外地人来这个绿洲边镇。这里的人好像无一例外,对外地人有一种天生的攀结和好奇。外地人要是走在街上,就会有人肃然起敬地流连在他们身后,远远地跟着。可是在十二岁那年,我看见一些外地人真的来到了这个边镇。这些外地人,是由长途汽车喇叭声带来的。

这辆长途汽车是边镇唯一的一辆。

就是它,每个星期天中午从乌鲁木齐的方向来,那是鲜少有人去过的大城市。

那时候,还没有太多人需要到这个僻远的边疆小镇来,而生活在小镇上的人们,也没有多少要紧的事情需要离开。

我妈说了,这辆长途班车要沿着戈壁滩颠簸七八天呢。

它远远地穿过蒙尘的大路,喇叭长一声、短一声地在镇巴扎另一头响起，时值中午，正是镇巴扎人最多的时候。驴车在人群中挤来挤去，大人们都各自盯着眼前半米的事情，没人听见来自外地的汽车喇叭声正一点点地逼近这个沙漠边镇。

我当时在干什么呢？好像不大想得起来。那天，我好像在河滩上玩，离那辆车还远远的，就清楚地听见长途汽车的轮胎轧过大桥的石子路发出的嘎吱声。

接着，桥上出现了一道巨大的红色光束，断断续续，迟疑着，一下子把大桥上的路一分为二，把桥上的人群一分为二："红色的车，是外地来的长途汽车。"

我的心喜悦地跳了一下。

当我从人群中站起身，那红色的光束好像又没有了。

就在这一天，就在这个尘土飞扬的小镇上，我觉得，有一部分的我，开始不知疲倦尾随着这辆长途汽车。

通常，这辆长途汽车每周日停在和田巴扎旁的大槐树下——买买提江的烤肉摊也在这棵树下。树身都被油烟熏黑了，营养不良似的瘦而矮。

他的烤羊肉摊烟雾缭绕，一天到晚围满了人，地上的尘土吸吮他们的脚。有人吃烤肉、烤馕，就有人在一旁围观，看吃烤肉、烤馕的人。

烤肉的烟气和吆喝声搅得空气热腾腾的，很热闹。好像这热闹不是来自这烟雾缭绕的烤肉摊，而是来自树下这辆长途汽车，有它在,人们嗅着它身上的铁锈味,似乎觉得自己同远方那个陌生的外部世界联系起来了。

这天中午,我和热汗在河坝玩累了,准备回家。

路过东巴扎大槐树下的烤肉摊子时,看见不少人围着这辆红色的长途汽车,才想起今天是星期日,它运送完一车的乘客后,正在这儿休息呢。

我小心翼翼地靠近它,把手放在车身发烫的漆皮上,一点点地往上移。有好几年了,这是我第一次,这么近距离地看它。

“哎,你在这儿干什么呢?”

说话的人是这辆车的司机。他手里拿着一小块不黄不绿的石头,大概是从镇玉石巴扎那儿淘来的。在这儿遇见他真是让我意外。

“天热。出来玩。”我有些害羞,不知对他该说些什么,胡乱指了指河坝子。

他笑了:“你,你坐过吗——这辆车?”

他用手敲了敲车身。

我摇摇头。

这是真的,我的确没坐过汽车。

“喂,你来。”这个司机向我招手。

“你——多大了?”他的声音像从远处吹过来。

“十二。”

“十二。”他重复了一遍。

“这车——”他像是想起了什么,“你从小在这里长大?”与其说是一句问话,倒不如说这句话是在陈述一个确凿的事实。

我冲他点点头。

当这个司机再一次转身看这辆红色的长途客车时,发现我和热汗、阿曼及其他几个小孩子靠着墙根坐了下来。

他从裤兜里掏出一个半旧的打火机,递给了我:“快没有火油了,你拿去玩吧。”

然后,又说了一句:“你们——你想坐这辆车吗?”

那真是一次奇怪的经历。

这位长途汽车司机,居然邀请我,还有他们,那些从没坐过汽车的人,沿着镇上唯一一条公路,还有镇巴扎去兜圈儿。

一下子,这辆长途汽车的车厢被挤得满满的,小巴郎子被大人们挤得发出了尖叫声。这些乘客有老人,最多的是那些眼睛发亮的小巴郎。也不知他们从哪个角落里冒出来,并很快知道了这个消息的。他们枯黑的皮肤上,也许是饱经日晒的缘故,洒了一层淡淡的灰黑色。

我靠在车窗旁看着窗外一片耀眼的暴亮光线,从前熟悉的街景,全然变得陌生了,像在悬浮。

我一边看,一边将这个司机临上车前送我的打火机摁得啪啪响,心里竟有些不安和躁动,因了这辆长途汽车,还有这只打火机。

这只打火机印了一只大红色高跟皮鞋,小巧精致。打火机持续的响声,有如将自己幽闭的生活,接通向另一个世界,或者是一个拯救的突破口。

我心想,如果我坐上这辆长途汽车,顺着这条河流跟着他们走出去,走过这看不到尽头的戈壁沙漠,走到地平线之外的世界去看看,该是个什么情形。

但也只是想想而已。

在那个年代,许多孩子刚生下来,就被活着的人选好了坟头。

我也有一块属于自己的坟头,怎么可以想着要离开这里呢?

正是中午,烈日灼人。一排排掠过的树在石子路的颠簸中,像是溶解了,树叶也融化成一片,在路的两旁升起曲折的热气。

一会儿,车子路过了我家门口。没有人。唯有沙枣树,每一棵都是那么的孤单。我看见探出墙头的枝叶,在烈日下营养不良地萎黄、短小,上面挂着一些永远长不大的沙枣,远远一看,那棵树就像是一柄没有来得及打开的玩具伞。

这一刻所见,似乎是完全陌生的场景,仿佛我从不曾到过那里——在那一刻,我产生了“离家”的感觉。

一下子,腹中的饥饿让我有一种难以言喻的焦躁,在我心里,一辆车子正在脱轨,我深深感觉到两种时间的差异。

不知过了多久,一阵刺耳的刹车声后,这辆长途汽车突然在镇巴扎路边停了下来。

站立在这辆车子走道上的一个老年妇女没站好,身子猛然往前一倾,倒在前面的人身上,脸上的花头巾滑了下来。

“噢咿——”车上的人一下子乱成了一团。

伴随着一阵磕磕踏踏的脚步声,车厢里空了,只剩我一个人张大了嘴,看着司机,傻笑了起来。

然后,我头也不回地下了车,走好远了,我禁不住又回头看了一眼——车身是肥长的一列,透着一层旧旧的红,只有轮子是阴郁的黑,车头部略微肿大。

我突然觉得失望:这辆长途汽车长得有些古怪滑稽。

二

几年后一个夏季,这个南疆小镇因各种形象工程,从外地进来了好几支建筑队,他们带来了好多辆拉货卡车。往返这里的长途汽车和运油车也多了起来。

这些司机都有一股走南闯北、见过天下的痞气。他们在一团团尘土中不停地摁响沉闷且强有力的喇叭,以驱赶在公路上玩耍的孩子们。

那些孩子像水一样从家里涌出来, 聚集在公路上追逐打闹。过往,大人们并不理睬这些孩子,如同他们根本不理睬在他们周围飞舞的蝇虫。

孩子太多了，但是在这个沙漠边缘的绿洲小镇上，什么东西不是太多了呢？

这些孩子没见过啥世面，平时除了玩沙子、玩泥巴、玩雪之外，还玩其他东西，比如磨杏核哨、放风筝、打牛牛、追赶家禽、摘野果子等等。

我带着厌恶的心情，看他们一边玩耍，一边大惊小怪地喊叫——他们提前挥霍了自己的时间，还有快乐，是为了将来成为一个个贫困平庸而又苦闷的人。

就像他们的父母。

白天，卡车运载着货物，在沙漠公路往来穿梭，沙漠和戈壁滩上的景色永远没有什么变化，变化的只有天空，朝霞变成晚霞，落日变成月牙——

到了夜晚，司机将车子停在公路边，打开车灯，在半隐半现的光线中围拢在一起，进入属于他们的世界中。

他们光着膀子，三五成群地靠在镇招待所的墙根，捧着大海碗吃饭，吵吵嚷嚷的，时不时地爆发出粗鲁的大笑，对着过往的姑娘小媳妇们挤眉弄眼地吹口哨。

我对他们没啥好印象。他们大多衣冠不整，特别是夏天，他们穿得少，或者干脆赤裸上身，下身只穿自制的白粗布短裤，布料大多来自“丰收牌”面粉袋子，裆部很宽，裤腰的尺寸放到最大，随意挽一下，就用裤带系上。

他们的双手似乎都带着过度劳损留下的伤痕，几个年轻司机还爱喝酒,他们一边分享着香烟,一边把瓶装的高度白酒传来传去,喝着喝着,还掀开自己的衣角擦汗。

酒越喝脾气越暴躁,有时在谈论着什么话题的时候,突然就出手打起来了。年纪稍长一些的,平时眉眼温和一些,喝多了耍酒疯也要得温和一些,其中有一个留络腮胡子的司机,喝多了喜欢平躺在镇招待所前的花池水泥台上,他的宝贝——那个小小的、沾着油污的红梅牌收音机就搁在他的肚皮上,里面播着小说《杨家将》,当收音机里铿锵女声停下来的时候,他如雷的鼾声,应和着不远处戈壁滩浩渺的风声。

待成年后,我觉得我熟悉他们,熟悉那些长年被沙漠戈壁的热风吹透的身体,像饿鬼一样单薄的、站立不稳的身体,只是,现在还没有人注意到。

当落日的红光照射在这些漂泊者的身上时,他们的影子,被送往无名的各处。

三

二十世纪八十年代以来开启的经济浪潮,也席卷了这个偏远的西部县城。低矮的平房、泥泞的沙石路如蝉蜕渐渐消失,崭新的商品楼、广告牌、酒店、KTV 拔地而起,整个县城陷入了狂飙突进的洪流中。

这期间,奎依巴格镇有不少人外出打工——“去大城市”是一个时髦的词,一种新的生活方式,它像一块肥肉,挂在人们含义不明的嘴边。

人们向着陌生的城市方向匆匆流离。叛逆的脚步声穿透了历史,令人茫然,但让人对未来的生活又暗生期待。

最终,我也离开了。

有一年暮春,我回南疆的家探亲,一场大风把我困在了路上。

从乌鲁木齐回奎依巴格镇的路上。

长途夜行车在荒郊抛锚了,在黄昏将尽的公路旁静默,像结在戈壁上的一块疤。

公路上,不时有交错而过的夜行车呼啸而过,雪白的灯光扫过来,昏黄的灯光又闪过,照亮了幽暗的车厢。

然后,戈壁滩上刮起了风,颗粒细小的沙尘卷起一股股厚重尘土的气流拍在玻璃窗上, 与窗外的夜行车的轰鸣声混成一片,那戈壁尽头的山崖、荒野和草木时时挤压成一种破窗而来的不可知感。

车窗外消融一切、湮没一切的夜色,让我产生一种似曾相识的疑惑:我是在离去的路上,还是在回家的途中?

一些人下了车,在风中大声说话,而沙尘,这些无处不在的飞扬之物,不疾不徐,模糊着我的视线,公路边疲惫的树木、小店招牌,全都融在混浊的夜色中。

空旷的马路旁,白碱滩上那些破烂的土墙房子旅店一家挨着一家，隐约有歌声从其中一家小店传来，给这虚无的沙漠之夜增添了一分真实。

我突然有了冲动，披衣走出了车厢，司机在戈壁滩的路边休息，身后的车排成一队，几个人默默地凑在一起，卷烟和军用水壶在手中传来传去，火柴点烟时明灭的火光后面，是几张眼窝深陷颧骨高耸的脸，疲惫的脸。

循着歌声和灯光，我向这家路边小店走去。

这是一个深秋的夜晚，空气中飘满了浮尘，夜晚有一种混浊的厚重感。不远处的公路上，不时飘过朱红、橙黄的车灯。

走近了，发现歌声与灯光来自路边一间极其简陋的小饭馆。

门半开着，里面没有一个食客。屋子里弥漫着尘土气息、莫合烟的气息、放久了的饭菜气息，让人想到马上要到来的冬日。

店里只有两个人，靠近门口的桌边斜倚着一个托着腮正在打盹的、看上去还算年轻的女子，她的穿着、长相，普通得不能再普通。

离她不远处的另一张桌子，一个精瘦的男人闭着眼，似乎进入了假寐。只有从靠墙的那台过了时的十四英寸的黑白电视机欢快的“地方戏”中，才能感觉到夜晚的真实。

我过重的脚步声惊醒了那个年轻女子，她漫不经心地看了我一眼，冲我微微一笑：“吃啥？拉条子？米饭？炒菜？”露出的白牙令那张原本平淡的脸一下子变得生动起来。

我要了一份臊子面。

正当我吃完准备离开的时候,电视机里的“二人转”演唱到了高潮。

我专心看了起来。

这是一出叫《捏软糕》的旧戏。戏中的男女,脸搽得很白,唱到高亢处用假声,男的、女的欢快地做挑水、淘米、磨面状。

男的唱道:“二妹妹,你把那,你把那米来淘呀。”

女的就唱:“三哥哥,我给你,捏呀么捏软糕呀。”

非常的小康。让人觉得,活着是那样的单纯,那样的有滋有味,那样的地久天长。

但是那曲调,却是高亢、荒凉到无可奈何的地步,如眼前荒凉的、被夜幕笼罩的沙尘之夜。

我出门,看见被热风烘烤的夜色中,又一辆夜行班车停靠在马路边,一些旅人迷迷糊糊地下了车,有那么一个人在一两声狗吠中抬起头,看沙尘像幕布,在绿洲戈壁广阔的夜空微微倾斜。

舞台

隔着几十年时光，边疆小镇文艺会演的舞台在广大黑暗中发着光亮，远远地看，它就像一只自身会发光的小方盒子，里面有一个个舞动的小人儿，像扯线木偶那样挥舞着胳膊腿儿。

文艺宣传在那个年代有着崇高地位，各种文艺会演特别多。在它的鼎盛时期，全国各学校、厂矿都有文艺宣传队，小的厂矿是业余的，大的厂矿是半脱产的。文艺骨干们在舞台且歌且舞，像一锅汤，热气腾腾。

那时候，人人都想成为技压群芳的人，会唱歌会跳舞的人从各个角落被人挖出来，演出节目也都大致相同。

那些舞台上的男女演员们，白天是各厂矿的工人，是学生，到了文艺会演的舞台上，他们画着浓重的舞台妆，身着鲜艳的演出服，进行合唱、群舞、独舞、快板书、样板戏清唱、器乐演奏等等。暂时脱离了庸常的日常生活，在舞台上焕发出不一样的光彩——某个夜晚，到处都是黑沉沉的，唯有某处舞台明亮如仙境。这些大大小小的舞台，虚幻而短暂，经常在舞台出现的主角们且歌且舞，用四肢画出的轨迹棱角分明，传达着坚定与纯洁，就像宝石，不管他们在哪里，都会在一颦一笑中发出耀眼光芒。

在广大的基层地区，他们被无数个业余的文艺爱好者模仿，人们对演员评价的标准就是像或者不像。谁模仿得最像，谁就最有前途。

每一个少年都想成为技压群芳的人。

看演出是南疆小镇人最主要的文化生活。也是我的。

在当年小镇的演出舞台上，我最喜欢看舞台上那些被委派从事文艺演出的年轻女孩，她们全是过去村姑的装扮，也就是李铁梅的装扮，她们化着浓重的舞台妆，穿红花布大襟衫，胸前一根粗而黑的独辫子，额前一排整齐的刘海，她们在舞台上，个个眉眼活泛，表情生动，好像任何风雨溅起的污泥浊水，都落不到她们身上，好像天上真的有一双眼睛，眨也不眨地看护她们。

有时，她们则统一穿着绿军装，腰里系着牛皮带。牛皮带子从腰前绕到腰后，就这么一圈，左手拽住右边的，狠狠用力拉去，她们在勒自己腰的时候，脸上无不杀气腾腾的，于是，她们的腰，便急速地细瘦下去，细得残酷而不近情理。

这些女孩，有的人从事演出的时间长了，看人的眼神绝不是普通生物的眼神。那眼神似有一千瓦的亮度，同时也具有了刹那间的绝对冷滞，要摄取你的灵魂。

我坐的位置一般距离舞台很远,看不清人们脸上的五官,只见舞台一拨人上来了,下去了,又有一拨人上来了,有时三五个,有时一群。

此时天已黑尽,台下人影重叠,黑压压的一片到处是人头。我看着时大时小的舞台上舞动着的小人儿，我的眼神为了跟上他们的动作而晕眩，和他们眼角闪着的泪光一起，成为某种超现实记忆,鲜明而恍惚,坚硬而虚空。

我身旁的电线杆子高悬一只扩音喇叭,在嗡嗡的声音中,我听不清他们说的和唱的是什么，只记得歌声嘹亮。歌声融化了我的心。

这一年7月,小镇成立了文艺队,我的姐姐严小凤有幸成为镇文工队的舞蹈演员之一。

当她得知这个消息时,觉得自己生在这样一个时代非常幸运,她从小就向往成为舞蹈演员,热望已经积蓄了很久,像岩浆一样,在她体内整日轰鸣着,急需找到一个出口。

严小凤说她有一次梦见自己到喀什市参加文艺会演，走进了高大、宽敞的礼堂,到处都是红灯笼,连地面都像闪着光,刺得人眼睛都睁不开了,她和镇文工队的演员一起走上舞台,幕布拉起……

一想到这个场景,她心跳加速,紧张兴奋,身体出现了尿意,积攒的尿液压迫她的膀胱，她感觉，自己的下半身全都被尿液充满了,尿液持续冲击脆弱的尿口,忍着忍着,可是等音乐声起,下身的出口已来不及扎紧，欢快的尿液终于冲毁了可抵挡的堤坝——醒来之后,她的床褥已被尿液濡湿了一大片……

羞愧难当的姐姐很难用这个原因来解释自己为什么会经常尿床。

严小凤在学习上资质平平,但是在文艺表演上却极有天赋,我不知道一个人的天赋是从哪里来的，是哪一种力量带来的一道闪电,一道神秘的风,进入她的身体里,使她储存了舞蹈的能量和灵魂?

如果我是她，那么，我会觉得这一年是人生中最灿烂的日子吗?

这一年,一个普通人家的孩子上了舞台,像平淡的生活中降落下一大块光斑,台子底下有成千上万个人在看。

我见过她在舞台跳舞的样子,那真是美。

如果她跳舞一般,她的美肯定减弱了一半。可她不,她是在用另一种语言告诉你另一种美,她搅动空气,带着群舞演员们飞升,她的舞姿既柔软又有力,像火又像冰。

在镇文工队里,我姐姐总是跳独舞,如果没有独舞,她也是第一排演员最中间的那个位置,跳很重要的段落,是绝对的女主角。

要知道,第一排的女演员是给观众看的,眼睛在台子上慢慢扫过去,哪个高些,哪个胖些,谁美谁丑,谁黑谁白,都要统统站好给舞台下面的观众看,特别是男人们,平时是没有这么多的漂亮女孩子让他们看的,就是看到了,也不能死盯着,而在此刻就可以理直气壮地看,肆无忌惮地看。

看了还要比较,还要议论,那个被人议论得最多的女孩,就是镇上小范围的名人了。

我的姐姐严小凤当然是镇上那个公认的名人了。

她会跳李铁梅,也会跳为前线士兵纳鞋底的村姑,跳大红枣儿送亲人,丰收舞或插秧舞,藏族舞或维吾尔族舞,她都得心应手。我最喜欢看她的这些舞蹈,它们健康、欢快、明朗。她的舞姿和其他人一起,与舞台上的灯光融为一体。红妆、红衣,手中的花篮或鞋底,脱离了白天单调贫乏的色彩和形状,在某一个夜晚,某一处舞台,飞升到了这里,台下是黑沉沉的,而舞台之上却是明亮而又生机勃勃。

而我当年是周围女孩子中舞蹈天分最差的一个，但我喜欢看年轻女孩舞蹈,那些女孩子身上特有的气息很吸引我。

我曾去过她们后台的化妆间,房间都很小,和舞台的道具、服装,以及散落四处的脂粉盒子一起,显得乱和杂。好在有她们。当十几个或者二十几个姑娘在这样的空间出出进进的时候，整个空气似乎都散发出甜酸为主的味道,那气味,是雌性生物绽放时淡淡的膻气。

我最喜欢看她们化了浓妆后吃饭的样子。

每个人手上都捧着一个巨大的搪瓷缸子,一个长柄的钢精勺,咸菜、青菜和苞谷面饼子混合在一起的味道是一种家常的世俗味道,和着她们没头没脑的说笑一起,传递出一种暧昧的感觉。

这一年的元旦夜没有雪，气温降到了零摄氏度。冷风严寒刺骨,几乎冻结了我的肺,割裂我的嘴唇,周围到处是一片白霜的世界,路面被一层薄冰覆盖,隐约可见的土路上有孩子们用彩色粉笔玩游戏时留下的潦草笔迹。

这天晚上,奎依巴格镇机关大礼堂有大型文艺演出。

当镇机关大礼堂的钟敲响了十下,门口的锣鼓轮流敲击,鼓声阵阵,人们的激情几乎到了顶点,一些人在礼堂外久久地唱着歌,歌声在凛冽的空气中凝滞,呼出的热气升起,在头顶上形成小片的云。

在这令人着魔的一刻,一切都蕴藏着无限的可能。时间静止,心脏跳动,在冻结和融化之间,在信仰和个人主义之间,是激情所在。

每到这时,镇工人纠察队的人可神气了。他们都是当地青壮年的男人,戴着红袖章,站在大礼堂门口的两侧,一边两人,没有票,谁也别想冲进去,就是熟人也别想着混进去。

我没有票，只能失望地挤在镇大礼堂门口的人群中，四处张望。

可我太想进去了,我幻想着自己变成一只蚊子飞进去,就是一只苍蝇也行。

在这个时候,从镇大礼堂的厚门帘里,探出来化着舞台妆的半张脸,唇红齿白,一条粗黑的大辫子垂在腰间。她是我的姐姐——严小凤。

她很大方地盯着门口的人群看,也盯着我看。眼睛忽闪忽闪的,看得别人都不好意思了。

严小凤穿过人群,大家还是看她,给她自动辟出一条道来。

只见她穿着一道掐腰的花上衣,是李铁梅的服装,她身材很好看,脸也很好看。

人群中的一个女孩扯着她的衣角,没人看见她的手心冒着汗,跟着她如履平地般的越过了那条封锁线。

镇礼堂前,镇工人纠察队的人也看着我姐姐,眼神暧昧。

这一晚,有不少人回到家会对家人说,今天我看到严家大丫头了,她带着一个女孩不要票就进去了。

这个女孩就是我。

镇子里的男男女女陆续进入大礼堂,他们用军用大衣把自己裹得严严实实的,以抵御寒冷。

镇大礼堂里到处是彩纸飘带、大红灯笼,大玻璃窗上的冰花装饰着简单的窗框,而水泥地却像墓地那样冰冷。

小孩子们则尖叫着跑来跑去,像是在用这样的方式取暖。

而陌生人在用他们热烈的眼神与我交会,好像在此刻,我是他们的孩子。

当扩音喇叭回荡着一首首歌,我的心澎湃不已,那修辞之间的爱与希望,像这个世纪的赞美诗。歌声悬挂在冰冷的木柱子上,融化了冰和雪,像要把寒冷从屋子里挤压出去,迫使人们放声大哭。

镇礼堂似乎也随着这动人的旋律微微颤动。

镇文艺会演结束后,人们陆续地从礼堂里出来了,有人在小跑,尽管没有酒,却带着醉酒的神情。有人像是参加结婚庆典的宾客那样迈着大步向前走去。

朝着新的一年走去。

而更多的人聚集在镇礼堂门口,舍不得离去。

这时,有人提出在镇礼堂门口燃起一堆篝火,继续刚才未尽的欢乐。这个有些发疯的建议得到了不少人的认可。

很快,小伙子们从礼堂周围的树林里,还有食堂旁的树林里抱来了一大堆枯树枝。他们把燃烧的火棍插进了木堆,我和另外一些孩子在一起,口干舌燥地看着木头点燃——第一束火苗终于蹿了出来。

人们围成了一个圆圈,火光照亮了每个人的脸,人群里的温暖与亲密融化了我的心。

这时,下雪了。

雪一点都不冷,一点都不具备它自身所应有的那个温度。它飘落在手中是厚厚的一层,握在手中一会儿就变得空无一物。寒冷的感觉像鞭子抽着自己,却永远不会冷到让自己有从体内开始冰冻的感觉。

这简单的叠加看起来真的是奇妙无比。

篝火旁,最高兴的仍然是孩子。他们围着火堆奔跑、跳跃,大胆一点的孩子,将雪团投掷在火堆里,还有大人们的身体上。

大人们被孩子们天性中的亲密无间吓坏了,确信他们长大后,也一定会成为像自己这样的人,在这样的一个夜晚,人们的脸和手被身体之外的火堆烤得滚烫,相信火堆旁熟悉的树林里,会真的有一条陌生的、全新的道路出现。

最后,在火光的照耀下,他们唱起了歌,他们是在用歌声来抵挡寒冷,是真的,他们的歌声在凛冽的寒风中凝滞,透过火光飘进了我的耳朵。

他们此时的纯朴像一面镜子,照亮了我内心的渴望。

当人们在飘飞的雪花中围着篝火唱歌的时候,一个面容苍老的男人像喝醉了酒似的,突然扑到火堆前,发疯似的拉扯燃烧着的树枝。

他说:“你们在干啥?天这么晚了,你们不回家吗?不瞌睡吗?”

他的妻子脸色变了,一下子哭出了声,拼命地拽他的胳膊,大声咒骂他。

她虽是一个块头很大的女人,在镇奶牛场常常要对付高大的奶牛,但是面对丈夫突然失控的行为,她吓蒙了。

她不停地用拳头捶打这个瘦小的男人,说一定有魔鬼钻进了他的脑子里。她那辛苦劳作的手臂,能打痛我们中间最强壮的人,但却抵挡不住自己的丈夫将燃烧的树枝扯出来,扔在雪地里。

火光冲天,照亮了这个令人不安的夜晚。

最后,他躺在火堆边,好像生命的一半已离他而去,均匀的呼吸逐渐成为响亮的鼾声。

直到清晨的风给熄灭的火堆盖上一层冷却的灰烬。

新的一天,没人再提起这件事情,人们也从不谈论他,那件事情之后,他的身影就好像从小镇消失了。

就好像雪下了一夜,你几乎就相信世界又一次洁净了。

多年后,我想起了这个夜晚,问自己,除了他的妻子,为什么当时我们没有一个人来阻止他?

我想, 也许是我们希望他那么做, 去撕碎我们死气沉沉的人生,好让我们重新来过,但是,这件事好像不应该就那样地开始,和结束。

那个元旦夜,当我静静地站在礼堂外没有绿叶的杨树下,对这个世界没有任何疑问。

绿洲

5月沙枣花开。

“沙枣花一开,姑娘就想嫁人了。”

每到这时节,奎依巴格镇的老人都这么说。

他们说沙枣花的气味催情。

当枣果儿落在地上与枣花一起在泥土中发酵，那有如成熟女性下体的腥甜味道弥散整个南疆大地，让我感觉自己之所以还留在这儿,就是被这股子邪气给困住了。

一

周六或者周日,吃过晚饭后,看二姐严小宓穿衣打扮是我唯一专注的事情,如巫术般迷人。

1984年的奎依巴格镇像南疆戈壁滩巨大无垠的叶片上的一小块疤痕,而这个年轻浮浅的女孩在这疤结的某一座平房里,正对镜伺腰，一遍遍在脸上涂抹着膏、霜、水，美人鱼牌眼线笔、紫罗兰散粉等廉价的化妆品铺了一桌子。

这个时候，作为妹妹的我半卧在房间一角的旧沙发上，一会儿举着报纸大声念新闻标题，一会儿走来走去假装拿抹布擦桌子、擦板凳，可眼神时刻看着她在镜子前改头换面，看这个没见过世面的小镇女孩在这个散发着煤烟味的黄昏，怎样绽放成一朵塑料花。

告诉你吧，严小宓在她的少女时代就有一种成熟妇女的气息，真正的少女不是她那样的。每到沙枣花开时节，我在令人头晕的气味中想到了她，可就这一点，深深迷住了当时天真无知的我。面对她，我时常像是自我惩罚似的，经常搜索我身体的每一处丑陋：皮肤像失血似的苍白且粗糙，肥大的蒜头鼻上撒满了黑芝麻般的黑头白头，脸颊两边的法令纹很深，油腻的头发紧贴在头皮上，看人的目光是怯怯的，总像受了莫大的委屈。

我还经常伸手插进衣服里，狠狠挤捏自己滚圆肚皮上的一圈肥肉——个头不到一米五的我，可当年的体重居然一百二十多斤了。在漫长的青春期，一个过于招摇轻浮的姐姐，无疑压制了我追求美丽的欲望。

此刻，客厅墙上的一面镜子映照出严小宓的脸，也映照出我的脸。

严小宓当然知道我喜欢盯着她看，尽管她瞥都没朝我瞥一眼，但空气中某种颤动，仿佛从她顶得高高的、丰茂张扬的头发的天线传递了过来——那是她一身俗气的华美装扮给四周空气通了电，对我一遍遍地说:“你来看我吧,来看我吧,羡慕我吧。”

最后,她踩着一双猩红色人造革高跟鞋,骑上自行车前往小镇舞厅。

去往这个绿洲小镇舞厅的路上还有一些像她这样的女孩。当她们脂红粉白地走出家门,个个都化着自认为最好最美的、让男人们看了走不动的妆。她们三五成群地走在路上,像一群叽叽喳喳的鸟,给夜晚的小镇大街送来几分人间气息。

这一年暮春,这个小镇第一家舞厅开业。舞厅是由镇机关礼堂改造的。当舞厅灯光越来越暗,对于边疆小镇的人来说,这种闪着五色十光的霓虹无疑是一种沉醉剂,一种时髦——三步、四步、快四慢四的舞曲换了一支又一支,《蓝色多瑙河》奏出了热带风情,女人的裙裾开始热浪起来,一点点地朝着舞厅的中心移动。又换了一支快四的舞曲,一条条裙子怒放,全场女人的长头发短头发在快节奏的音乐旋律中刮起了黑色旋风,成了兽鬃。白天那紧绷的肉欲在这一刻彻底松弛了下来,每一个人都在全力以赴地舞动、旋转,像波涛一样涌出封闭的堤岸。

在这些旋转着的女性当中,我的姐姐严小宓看起来是一个多么快活的人——是的,她跳舞的时候最快活,舞厅的男人们都接二连三地请她跳舞。她穿着俗艳的紫红色金丝绒长裙,露出白色钩花的三翻假领子,轻抚男舞伴的肩膀,眼神灼热,像两汪热油。她人生所有的明媚,都在此刻尽情燃烧了。

舞会结束的尾声,转暗的灯光不断变换令人眼花缭乱的色彩,舞厅响起了歇斯底里的迪斯科音乐。我看到所有人的面孔都在变形，随着音乐汗水淋漓地肆意扭动着年轻的臀部，舞伴们之间相互拉扯着，好像生怕对方不小心变成了别人，拥挤的空间充满了烟味和令人头晕的体臭味——那是雄性与雌性动物在一起的味道。

有一次，我终于大着胆子跟着严小宓进了镇舞厅。

那天，我穿着宽大的豆绿色卡其布夹克衫，而女孩们则穿着当时流行的长长短短的裙子，除了穿着，我发现自己跟别的姑娘不一样，她们快乐、放肆，浑身散发出小镇姑娘的浮浅的风情，三五成群聚在一起，时而爆发出莫名的笑声。而我脸色蜡黄，神态举止显得拘谨，可以说是手足无措。

整个晚上，我缩在舞厅靠墙壁的一个小角落，为自己的寒酸和过时感到难过，我觉得这个地方不属于我，我只是一个偶然的闯入者罢了。舞池里，男女之间相互搂抱，欲拒还迎的神态，让我的心变得火热和蠢蠢欲动，竟有些喜欢这里的气氛了。

严小宓跳完舞回到家，迎接她的经常是一个烦人的夜晚。她听到厨房响起了锅盖落地的声音，然后听见母亲在咒骂自己，她的怨诉自有她的风格，无论愤怒与悲伤，都有突如其来的紊乱的方向。她骂了一会儿，又掉转枪头，骂起了我父亲，抱怨他无能，离开家这么多年，回来也没让家人有好日子过，上梁不正下梁歪，一定是上辈子祖坟没埋好，让自己嫁错了人，错生了孩子。

严小宓早就听惯了这些陈词滥调，她一声不吭地洗漱后脱衣睡觉。枕头很柔软，灯光很朦胧，厚厚的棉被有白天晒过的阳光的味道。这味道让她安静，也让她困倦。

我母亲愤怒的咒骂声时续时断，经过散漫的变奏，竟成了她在这个夜晚的催眠曲。

二

我经常跟踪我的姐姐严小宓。

一天傍晚，我去小镇的“三味书屋”买书，看见她的自行车停在门前，想了想，便来到书店对面“老程家”凉粉摊，一边吃豌豆凉粉，一边朝着“三味书屋”打量，生怕错过什么。

我看见严小宓专心地翻了一本又一本杂志，不用说，我也知道是《人之初》《知音》《大众电影》《故事会》之类的货色。她边翻书，边四处打量着什么，脸上带着造作、空洞而又寂寞的微笑。

多年后，我想起这一瞥，感觉自己的心理阴暗和不大方。

那天傍晚，严小宓穿着一条黑色紧身短裙，黑色超短裙是当时小镇时髦女孩的标配，还没有后来那样暧昧的特指含义。

除了超短裙，我还注意到了她那双紧绷而结实的腿，在静止中压抑着微颤。肉色长筒丝袜没能将这双赤裸的腿界定为情色用途，但一看到这腿，多数男人就会想，这双腿不是用来走路的，而是要用它勒住他们的脖子。还有她脚下那双红色高跟鞋，这双人造革皮鞋是她托人从乌鲁木齐带回来的。鞋的颜色猩红，有如雪地上的血迹，带着某种不祥的气息。这双鞋被她视为心爱之物，成天穿了又穿,直到皮色黯淡,鞋面微微开裂,犹如一扇陈旧的窗缝。假想有一天,我将从这里向逝去的时光瞥去一眼,正是这一眼,便被过去的时光击中——一切都将在变化中面目全非,走向命运的反面。

不一会儿,严小宓从书屋里出来了,手里拿着《知音》《故事会》《人之初》,推着自行车在马路慢慢地走,而我也在距她不远处慢慢地跟着她。

天色暗了下来。

这条马路大部分路段没有路灯,有的话,也被当地的小巴郎用石子打破了,仍幸存的几盏灯是冷光灯,散发出一大圈死白的光晕,而一轮残破的小镇城区之月,带着些许寂寞的光晕,映照出严小宓脚下红色的高跟鞋,她一路造作地左右扭摆——那双鞋的鞋跟很高,高得令她在某一瞬间脱离了这个世界,变成了一种像鸟又不像鸟的奇怪生物。

有一天,我偷看了她藏在枕头下面的一个练习本。她的日记本。

“我今天在灯光球场里看到他了。他和镇机关文体部的小高几个在打篮球,我远远地认出了他,他满身是汗地满场跑,没看见我,打完球了,他提了两大桶水从球场走出好远,他的力气可真大。”

“今天晚上跳舞结束后,他给了我一套邮票,是蝴蝶邮票小型张。四张联票,这是我一直就想要的。我很兴奋。他的身体和我挨得很近,特别烫,像浑身发烧了似的烫。他还让我碰碰他。”

“跳舞的时候,他的衣服有一股烟草味道,真奇怪,我从没看见过他抽烟啊。”

“他今天说，有机会要帮我洗头，我爸妈还没帮我洗过头呢。我点头答应他了。还没正式洗呢，他就开始摸我的耳垂，我痒得不行了，他可真坏。”

“他今天跳舞的时候问我，他好在哪里，我说我不知道你好在哪里，反正好就对了。”

看到这里，我忍不住地笑了。

这些妖里妖气、诱惑而又禁忌的话语从练习本大着胆子溢出来，在漫长的夜里生根发芽，越发让我觉得，严小宓像故事传说中某种精力充沛的动物，这是什么样的动物呢？是一头我从没见过但听说过的母豹子母羚羊，还是别的什么动物，但肯定是一种雌性动物，猛烈，无所顾忌，身上还带有一种天然的未被驯服的野性。但这些形容好像不像她，但好像又都是她。

这样的姐姐，是我父母没把她教育好吗？

她与我，为什么如此不同？她在禀性上，像谁？

那，严小宓是个女流氓吗？她是否跟男的接过吻？青葱岁月，一个又一个吻摄人心魄，像闪电一样掠过身体。而我是好女孩吗？好女孩一般都不太有趣，故事太少了，干巴巴的，有趣的事情都是坏女孩干的。这些，是我好长时间都没想清楚的问题。但是，我从她的身上感受到了尘世中火辣辣的欲望。那种“想成为她”“我想是她”的欲望将我紧紧束缚。

我清楚地知道这欲望中有两个重点：一个重点是她脚下的红

色高跟鞋，另一个重点是她骨子里的轻浮和放肆。有时她坐在椅子上，跷起一条腿，来回轻轻摆动着，红色高跟鞋清晰地勾勒出她脚掌的轮廓，让我不由得想到，她将带着对危险的亲近，向一个又一个男人走去。

我对这双红色高跟鞋产生出一种无法形容的倾慕。还有她的轻浮与放肆，有如烈焰焚身，让我对“自暴自弃”这个词有了向往。

我有些想不开，我们同为姐妹，血脉相连，为什么秉性相隔得这么远？我的世界如此狭小，狭小到无法安置我的心，小到严小宓都在鄙视我嘲笑我——但其实，她当时已经懂得的事，我现在还不知道。而我知道的事，她永远都不会明白的。

一个暮春的中午，严小宓向我展示过她新做的衣服后便睡下了。半开的窗户涌进沙枣花开放时的浊重气息，让我头晕。我皱着眉头关上了窗户，但仍有光线透进来，照在她熟睡的躯体上。

我用色欲的眼睛一点点描绘严小宓的身体地图——被乳尖撑起的衬衣轮廓，脊背的曲线，还有小腹的弧度——不知为什么，有她在，屋里就会有类似牛奶的气味，有点甜，又有点腥，一股来自雌性之躯的热气，从她身体细微的毛孔中发出淡金色的光，她胸口撑起碗大的轮廓结实明亮，小腹底下却是暗的——她的青春，她的圆熟，她真切的女性含义，似乎会从静止的指缝往外溢。

只是，这眼前可闻可感的一切，有一天它会破碎吗？会褪色吗？它的光泽，会永远消失吗？如果，它破碎后消失了，那么这个世间，还会有谁随她而去？

她的青春如此骄纵，站在她的面前，我总是战战兢兢，生怕怠慢了她，知道自己貌不如她，如此类推，似乎什么都被她比了下去。当她美得让人气焰嚣张，头晕目眩，我开始预感到她的命运多舛。

数年后，当她的青春终于下落不明，处在命运的下游，没有人再来议论她，她就像是一道没有雷声的闪电，彻底消失了。

这是一个从令人生津到无人问津的过程。

三

没多久，我那唇红齿白的姐姐严小宓，被好事者暗自列为小镇"四枝花"之首。"四枝花"这个说辞，有一点欢娱暧昧的性质在里头。除了这个，当年镇上还有"九龙会""十三太保"等等小帮会。镇子很小，很快就传开了，当事人的父母感到恼怒，可都是些懒散怕事的人，也没有精力过多地追究，只是在家里呵斥自己的孩子要小心。

从小到大，严小宓时常给我她的旧衣物穿，好像理所当然。她的衣服带着雌性动物的甜酸气息，像冷冻过好久的橘子味儿。不臭。她的旧衣服没有汗渍没有污秽，她的身体没有疾病和隐患，就像她的皮肤散发牛奶般的光泽，新鲜好喝。她的气味常常抚慰着我入睡。

我默许了她的骄纵，只好拾她的旧衣服穿。从我出生开始，从童年开始，从少女时代开始，我就一直等着她气息不明的旧衣服一件件地向我递过来。

我母亲似乎也已经注意到她不同寻常的模样了，她自己一年到头灰溜溜的，像活寡妇似的装扮，看见女儿每天换着花样打扮自己，花枝招展地到处招摇，看她的眼神就像看别人家的女儿。

1984年是一个重要年头，春天快结束的时候，一个传说在南疆及周围几个县城悄悄蔓延——一号病来了，有人死了。传说一号病的瘟疫病源来自戈壁沙漠中的旱獭。一时间，果园里的葡萄苹果没人吃了，小山似的堆在菜市场等着烂掉，鸡鸭更没人敢买了。镇农贸市场、学校及街头出现了一群背着喷雾器四处喷射药水的人。那些日子，镇上到处都是来苏水的味道。天空血红。

两个月后，一号病事件平息。但是，还有什么不一样的事情发生吗？

这一年暮夏，三洋牌收录机，俗称“半头砖”的收录机在小镇流行了起来。它的外形有如黑色砖头，像早期人类制造的青铜器那样稚拙而天真，这是继红色凤凰牌自行车后，严小宓所梦想的又一个心爱之物。

南疆灰蒙蒙的春天，奎依巴格镇的时髦人物从“半头砖”听到了美妙的歌声：费翔、李谷一、张蔷、谢丽斯、王洁实等等，他们的声音在二十世纪八十年代中后期，就像是一条颜色鲜艳的彩色丝带，被电流的水草纠缠着，搅来搅去。

他们的歌声也是气味。

严小宓每天吃过晚饭后，将这块砖块收录机抱在怀中，摸索着按下了其中一个黑键，从这个小小的灰黑铁匣子里传来节奏激烈欢快的迪斯科——那是国产电影《客从何来》里的音乐。

这部影片说的是我国宾馆服务人员和外贸工作人员在某次外贸商品交流会上，积极热情地接待外宾，并配合我公安机关破获外国特务的故事。

可是，就是这么一部故事简单的电影里，居然出现了一段让人热血沸腾的音乐："Ho，Ho，Ho，好个 Disco Queen……摆摆头、摇摇你的手，所有烦恼都从你的脚下溜走""跳跳探戈，跳跳哈索，不如来跳 Disco 它花样最多"……

对她来说，这是最动听的音乐了，这旋律如甘如蜜、如云般流动，百听不厌。每次，她都跟着音乐声摇头摆尾的：因为这个音乐的节奏，早就与蝙蝠衫、猩红嘴唇、夸张的塑料耳环长在她心里了。而同样喜欢这支音乐的父亲，却显得更加衰老。因为他好像从这支歌里听见了自己曾经汩汩流淌过的青春热血，犹如一只被禁锢的鸟儿在拍打着窗玻璃。

每当她打开这个神秘的"小黑匣子"，听着这音乐，周围的一切都变得更加明亮。她想，或许自己在不远的将来离开这个南疆小镇时，脑海里响起的声音，将会是这首迪斯科音乐——因为，这是歌颂未来的赞歌，是歌颂出发的赞歌——自己所期待的就是融入这产生于城市诱惑的节拍中去。

远方的大城市瑰丽神奇，充满了无数未知的相遇，当然还有爱情。

而这首歌,正是为了这种诱惑而产生。

四

似乎从那以后,严小恣每天晚上干脆泡在镇舞厅里了。

一些好事者给她起了个十分猥琐的外号:十二点过五分。意思就是她差不多晚上十二点过五分从镇上的舞厅出来,然后和钱胡子等镇上一干不三不四之人鬼混。

像这样声名狼藉的事情,在这样的偏远地区的小镇其实并不经常发生。可是,为了一个砖块大小的收录机,这个放荡的丫头竟心甘情愿地让一个下流的个体商贩玩弄。

终于有那么一天,她所在学校的学生都不和她说话了,远远避开她。她们对钱胡子感兴趣,是因为严小恣。因为他是猜测某种关系的一个因素。他是水果皮,果皮是不好吃的,但果肉好吃,这个果肉就是严小恣。我母亲实在是受不了别人的闲言碎语,又发了一次疯。

那天,夕阳的颜色开始变深的时候,严小恣进家门了,脸上的笑容还没有完全扩散,从母亲的角度看去,这是一个像蜜糖样的小人儿,一点瑕疵都容不下,但是母亲却一眼看出了破绽。母亲低吼了一声,扑到女儿身上,死死抓住她,又狠狠地把她推到墙角,拳打、扇耳光,还贴在她身上使劲闻,像要找出某个可恨男人的气味,某个可怕可疑的污迹。

严小宓高声尖叫，像是要让全镇人都听见她说“我没有我没有”,可我母亲的声音比严小宓的还高,她骂她丢人现眼,没有廉耻,比一条小母狗都不如,是个小婊子、贱货。她这句压在心头很久的话一旦骂出了声，就什么也不怕了。她连着说出好几个“小婊子”,好像这三个字是严小宓的别名。

没有一个人出来劝架,说不要再打了,放开她。直到我母亲打累了,看严小宓神情坦荡地站在她面前,与她的眼睛、面孔乃至呼吸一起,继续她的谎话连篇。

严家人古怪的生活,让小镇上的人生出来许多的谈资。

流言是什么？在南疆僻远的小镇,我们好像都是在一轮又一轮的流言蜚语中成长起来的。仿佛流言总是轮流来,今天落在张姓人的头上,明天落在李姓人的头上,后天呢,有可能又落在朱姓人的头上。每天都有新的故事,充斥着人们的舌尖,交织着新的言辞。每当流言泛滥时,这些流言像纸屑一样,在小镇上空纷纷扬扬,今天是李家的女儿堕胎啦,明天是刘家夫妻离婚啦,大后天是张家的男人有了一笔意外之财啦,等等——在这些明暗不清、是非难断的流言蜚语中,我看见姐姐严小宓变成了一个真正的贱货。

少女时代,我曾天真地以为,跟年长的姐姐在一起,会让自己更成熟,我的生涩幼稚和冒失会被宽容,很多事情做错了,也不会过于自责,这时候,姐姐就会像一棵枝繁叶茂的树,她丰富的生活经验就是阳光,笼罩着我,让我感到安全。

我周围的女同学,都有哥哥姐姐。特别是有姐姐的女孩子,理所应当地得到姐姐的提携和庇护，当妹妹的，理所应当穿她的裙子戴她的耳环，包括获取她交男朋友的经验。当然妹妹得发誓，绝不勾引她的男朋友。生活之路，姐姐总是先行一步，这样，妹妹就可以趋利避害，不以身犯险。

这样的念头未免有些自私恶毒。

可是，这个人当然不会是我的姐姐严小宓。

我经常自问：为什么我的青春期会缺乏爱、缺乏知己、缺乏榜样、缺乏鼓励、缺乏提携、缺乏尊严，为什么要这么多的泥沙俱下呢？姐姐，你到底干什么去了，我多么想投靠你，而你却自身难保呢？

在母亲的强烈坚持下，严小宓的自行车被没收了，说是给我用。就这样，在严小宓一连串的白眼中，我有了人生中的第一辆自行车，感觉自己的世界一下子拓宽了，有了作为一个少年开始探索世界的热情。自行车真是一个好东西，它比我强大得多，轻易地就能把我带向双脚无力抵达的地方。

这天黄昏，我骑着自行车无所事事地在镇巴扎路口闲逛。

“严小宓，十二点过五分。”

“严小宓，十二点过五分。”

一个小女孩突然跑到我跟前，说完了这句莫名其妙的话之后，又与另一个女孩哄笑着跑开了。

我无比吃惊地看着这个饶舌的女孩，在这样一个初秋黄昏，镇巴扎路口的树木因缺水干燥，正随风落下叶子，而这个女孩的黄布裙在夕阳的余晖中闪烁着刺眼的光芒。我很想扑过去跟她吵架,这个地方的女孩虽然千人千面,但是有一点雷同的就是,她们个个都有吵架的天赋。我吵不过她们。我什么也没说,骑上自行车就闷头向着小镇边缘的戈壁滩驶去。

五

1986年,过完正月十五的小镇人放完鞭炮,吃完豆沙馅芝麻馅的汤圆,新年的气氛也在一阵阵饱嗝声中悄然隐匿了。这天一大早,天气预报说一股寒流将南下,南疆大部分地区可能会有降雪。当地人对此并没有在意,因为天气预报总是出错。

严小宓推着新买的梅花牌自行车,再次出现在正午的小镇街道上。

这一天照例是一个沙尘天气,灰蒙蒙的天色让人有了想哭的冲动。有好几年,“严家一枝花”这个称呼,曾经让严小宓的虚荣心得到了满足,她走路的步态因而变得更加柔软和妖娆了。

可短短几年过后,奎依巴格镇产生了新的格局和变化,即使有人在观望街景,看见我的姐姐严小宓娉婷而过,新一代的年轻路人可能不认识她,更不知道曾经流传有关她的种种闲话了。

她一路走着,她想自己居然在这个小地方生活了二十多年,险些要在这个地方待一辈子,一辈子就在一个小地方啊,这真是一件可怕的事情。无论如何,她都是要走的。一想起“走”这个充满想象色彩的词,有如一道闪电照亮了她的道路,又像一把利剑刺痛她的心。“走掉”这个词像浮尘,从四面八方向她劈头盖脸地倾泻下来。

她在这假想的灭顶之灾中奔逃。这个时候,一个陌生而新鲜的地名打动了她:深圳。

我姐姐严小宓作为一个生活在僻远边疆地区的小镇青年,她对深圳、海南的了解仅限于从报纸及广播里的道听途说,在她的想象中,深圳的夜晚极尽繁华,火树银花,流光溢彩的灯光像突兀奇异的花朵,在坚硬的高层建筑的峡谷中流淌。这样的夜晚,不像是任何一个季节的夜晚。它让夸张的更夸张,美的更美。还有小梅沙大梅沙的海洋气息近在咫尺,暖而湿,咸而微腥……

这一切对她而言，有如天堂——就是天堂也不过如此了。是的,在二十世纪八十年代中末期,全国人民都在说深圳、海南,在当年,这两个地名比北京和上海都要时髦一百倍。广播、电视、报纸上都说,它们就是那个时代的神圣之地——“到深圳去,到海南去”,以至于火车上的厕所、洗手间、硬座下面、列车员室门口,甚至硬座椅背都塞满了人,一如二十世纪六十年代中后期,全国的火车车厢里塞满了进京大串联的年轻人,两者的景象同样壮观无比。

当时,我的姐姐严小宓结束了无所事事的“社会女青年”的生活,在奎依巴格镇一家机修厂做学徒工,白天,她穿着宽大的工作服,神情恍惚地在空旷的厂房里搬运生铁毛坯。厂房机声轰鸣,四处弥漫着浓烈的生铁气息。

正午吃过饭后,她独自一人在更衣室里休息。厂房里胡乱堆放的生铁毛坯散发出一种类似于男人的体味儿，锃亮的车床像隐藏着巨大的阴谋,阳光从南边的窗户跳进来,跳到窗边一张积满尘土的木桌上,木桌被阳光晒得很暖和,而严小宓身处幽暗的位置,感到一股切肤的寒意。

她抱臂独自坐在凳子上，模糊地想自己最后一次和钱胡子钻被窝是什么时候，她想钱胡子怎么会忘了呢？这种事情怎么会忘了？女人又不是一杯茶,或者一泡尿,怎么可以说忘就忘了呢？

想着想着便昏昏欲睡,她的疲倦是她的,无法与别人分享,正如此刻,这份疲倦正化成睡意袭来,将她牢牢包围,它是实实在在的,像窗外的烈日,丰满、炙热而又浑圆。

她下班回到家里也还是睡觉——天知道她哪来的那么多的觉。她扔在木椅上的绿色直身裙,腋下部分被汗渍浸得褪了色,发黄发旧。我从来没注意到她的衣服也会磨损,是她把它们穿旧了。现在,这条旧的绿色裙子正笔直地倚靠在椅子的扶手上,像一个真正的人形那样有了灵魂。

严小宓一心一意想离开这个家,想离开这个"烂渣渣"的南疆小镇,此刻,这件绿色裙子代替她留在这里,而她自己将抽身而去,从此消失。

六

严小宓从小镇上突然消失是这一年夏天的事情。

这一年盛夏8月,连续好几天四十摄氏度,让整个奎依巴格镇成了平静火灾的牺牲品。没有火焰,但人们却像躲避真正的火灾那样终日惶恐不安。这种气温不适合人类,同样也不适合动物。一些被热死的麻雀、土狗和鸡,以古怪多变的姿态纠集在黏糊糊的柏油马路上,在烈日下暴晒它们腐烂恶臭的尸体。

就在这样快被热死的黄昏,我也愿意一个人独自待着,没完没了地想事情。有一些过去了的事情我记不起,另一些还没发生的事情远远没有到来,而我却回忆了一遍又一遍,却从没想过,我的姐姐严小宓会先于我离开这里。

她是在这样一个酷热的正午离家出走的。

这天正午,严小宓把一只放着领边钩花、钩针以及的确良绷布的苇编小篓放在了家门口的木凳上,人却不知道到哪里去了,到了吃晚饭的时候人也没露面。黄昏将尽,我母亲数次到家门口张望,薄凉的幽暗天色下,树叶儿正随风飘落。一个路人骑着哐哐作响的破旧自行车经过,我母亲发呆似的盯着他的背影看了好久。凌晨两点多,还不见严小宓的身影,我母亲慌了,挨个到她的朋友家敲门,没有下落。她还到公路上去找,一边找,一边喊她的名字。

可是第二天有个人说出的事情,却让我母亲当场大哭起来。那是我母亲在菜市场上经常遇到的熟人,她说当时看见严小宓在家门口一边钩领花,一边跟一个卡车司机搭话,还有说有笑的,然后就看见小宓坐上了这辆卡车的副驾驶座,沿着公路离开了。她以为严小宓跟这个司机熟络,只是坐车去遛弯,哪里会想到,人却不见了……

话说这一年春季,奎依巴格镇因为要搞各种形象工程,从外地进来了好几支建筑队,他们带来了好多辆拉货卡车。白天,这些卡车运载着货物,在沙漠公路上往来穿梭,到了夜晚,他们将车子停在路边,打开车灯,半隐半现地聚在了一起,进入属于他们的世界中。

这些卡车司机都有一副走南闯北、见过天下的痞气。黄昏时,他们光着膀子,三五成群地在镇招待所的院子里靠着墙根捧着大海碗吃饭,吵吵嚷嚷的,时不时地爆发粗鲁的笑声,对着过往的大姑娘小媳妇们挤眉弄眼地吹口哨。

严小宓离家出走前,经常约上一两个女伴,坐在镇招待所门前水泥花坛上,一边钩领花一边和卡车司机们闲扯搭话。不知道这些满脸油污的年轻男子跟她说了什么笑话,她发出尖利而快乐的笑声,多少让人感到轻浮而放荡。

母亲听到了闲言碎语,她不准我姐姐再出去跟他们鬼混。

一天,我母亲用奥斯蔓草为严小宓染了眉毛,她说,我们说好的,染了眉毛就不能再出去疯了,你好好待在家里,哪里也不要去。

母亲看见严小宓坐在窗前,手执小圆镜看脸上趴着两条粗而黑亮的眉毛,满不在乎地笑笑。不过她的行为上稍稍收敛了些,没事便坐在自家门口的树荫下钩枕套,钩领花。

漫长夏日的正午,身边的老榆树的浓荫密密地遮盖了炎夏的太阳,阳光底下的草尖、屋顶、鸡笼、大路等等,都闪着又亮又硬的光泽。烈日像把一切东西晒出了烟,这烟从地面上屋顶上冒出来,房屋和树木都浮在热气中,显得飘摇,很不真实。

严小宓坐在树荫下,安静地挥舞钩针,偶尔有几只苍蝇、蜜蜂在身边细声细气地吟唱,如果不是后面发生的那件事情,每一个从她身边路过的人,都觉得她可以钩花钩到地老天荒。

这时候,一个卡车司机将车子停在马路边,走到她身旁问:"喂,现在几点了?"

在那个年代,这几乎是三四线、五六线小城镇地下流传的一个隐语,有点类似于后来黑社会的接头暗号。隐含着模糊的、极不明确却又是约定俗成的意向。有人看到他俩说了一会儿话,然后,严小宓放下手中的钩花,随便塞在木凳旁的手编小篓子里,两人坐上卡车就消失了。

她走掉的这个夏日正午,光影重叠起来,静静的,波光粼粼的,没有什么东西能搅动此刻的安逸,像一部陈年的电影,很花样年华。

严小宓这一走,就是好些年。从此那些无法让我们知道的、发生在她身上的经历,就成为我家抑或是小镇的一个秘密了。而当地人流传最广的一个说法就是,严家二女儿跟一个不认识的卡车司机说了几句话,就跟人走了。

我私下里很不平,我经常在这条公路上走,为什么我什么人也没遇到,什么故事也没有发生?我不停地想着,无数次地想到这件事最后时刻的情景，又无数次地在想象中从头开始。

在我无数次的想象中，严小宓离家出走的前一天晚上，她在舞会结束后回到家，在镜子前长久地看着自己的脸。她的身材与从前相比，稍稍变得丰腴，似乎某种本质正在改变她嘴角旁边的那几根线条，她的清新之气正在慢慢消失，脸不再是美的，而是漂亮。漂亮在某一方面是她的病症，显示出她没有灵魂，但唯有这样才能让她变得不三不四。她的命运就已注定，注定要用自己的身体，玩尽一切情爱勾当，在丧尽廉耻之后，怀抱一颗真正的童贞之心去死。

只是现在，她背向她的退路，背向她的历史。

她的前方是戈壁沙漠。

严小宓离开家的那些日子，天热得像要把人逼疯。我站在马路边上，马路上没有一辆往来的车，也没有往来的人。汗水渗透发根，顺着我的脖颈流下来，一挠一抹黑垢。

我不知道自己在等待什么。但肯定不是在等严小宓。一个戴草帽、头上蒙着湿毛巾的中年女人，骑着破铜烂铁似的自行车经过了我身边，她沿途兜售冰棍儿，冰棍儿箱裹着厚棉被。

“冰棍儿——冰棍儿——奶油冰棍儿——”

她渐远渐去的声音在正午刺目发白的日光中，有一种地老天荒的感觉。

那一刻，我突然觉得，为姐姐严小宓担心是不必要的——她曾听过了那么多的情歌，看过了那么多的电影——那么多相爱的人、那么多的情话、那么多的别离——还有，那么多的最初和最后的拥吻、那么多的答案、那么多的命中注定的事情，还有那么多的残酷的，当然也是不可避免的、致命的抛弃——全由她替我一一经历。

又一年秋天来临。

奎依巴格镇被沙漠深处刮来的风沙所洗涤，街道两边的白杨树覆盖着尘土。

一个没有严小空的秋天，该是多么的沉闷、单调和无聊。她的不告而别和下落不明，让我感到周围的一切都变得那么无趣和焦灼不安。我一遍遍地想着姐姐走向那辆卡车的场景，并在想象中不止一次地修改了最初的画面。

从那以后，经常有人在我跟前有意无意地打听严小空的消息，并用含混暧昧的词语，说她实际上是一个少见的自轻自贱的女孩，我总是对他们怒目而视。

后来，我不得不承认，他们的说法是对的。

严小空到底去了哪里？有人怀疑严小空离家出走，是跟着这个卡车司机到甘肃寻宝去了，听说有人在甘肃武威的山里发现了罕见的夜明珠，一颗能卖好多好多的钱。此事一般秘不示人，只在去寻宝的人之间流传，有血脉相连的亲戚也行，好像夜明珠也能认亲，认了就能发光似的。这个发财的传说，让很多奎依巴格镇的人蠢蠢欲动。要知道，没见过大世面的小镇人真的是轻信啊，说什么都有人信。

有一年传说，居民家里都要买五尺红布，不买的话，家里就会有人遭殃,结果,全镇的人都跑到供销社抢红布了,平日无人问津的红布一下子脱销了。还有一年,传说人人都要吃绿豆,不吃的话,就会口舌生毒疮,结果,供销社里的绿豆又被抢光了。

这些消息虚虚实实,让人难辨真假。

秋季过后,奎依巴格镇有不少人外出打工。"去打工""去大城市"对当地人来说,又是一个时髦的短语,一种新的生活方式。它像一块肥肉,挂在人们含义不明的嘴边,被反复咀嚼着。

这期间,各种小道消息纷至沓来,小镇上有不少人通过各种门道陆续调到了省城,调不走的人也在找门路想办法,当越来越多的人向着陌生的大中城市流动,迎向新生活的脚步声穿透了历史,令我家人一时间茫然无措。

一天早晨,我母亲出门去买早点,目睹又一个青年男子拖着皮箱,沿着这条公路狂奔。这个男人我认得,是镇机关陈会计的儿子。而他身后,则是他刚结婚才两个月的老婆,她披头散发地追自己的丈夫,一边追,嘴里一边不断地喷吐出古怪的、如秋风般的咒骂。在这场有些滑稽的追逐中,这条公路在她的脚下倾覆下陷。

然后,她敏捷地擒住了这个善跑的丈夫。

两人来回拉扯间，我母亲听见了这个女人沙哑的如雷雨般的倾诉，她说你这个糊涂虫你跟什么风呢你吃错药了你去了那个鬼地方谁给你洗衣谁给你做饭我还要给你生娃呢你不要孩子我还要呢你快跟我回家……

这对小夫妻争夺行李箱的早晨漫长得令人窒息，很快引来了不少看热闹的路人,他们看男的怒气冲天,也看女的忧愤满腔,她那悠长的哭泣声弥漫在小镇初秋微凉的雾霭中,久久难以散去。

我母亲也站在路旁，饶有兴味地观望这幕轻喜剧，心里很满足。当她拎起放在地上盛满豆浆的搪瓷缸子准备回家时,听见这个男人发出一声如困兽般的咆哮,我母亲回头看,目击这个男人将自己的新婚妻子狠狠踢倒——这个女人年轻壮美的身体迸发出一声巨响,倒在了公路上。

我母亲顿时怒火中烧，将手中滚烫的豆浆泼向这个狂躁的男人,她怒目圆睁,发出嘶喊,听那声音,的确是属于她自己的,但呼喊出来的，却是我姐姐的名字:“严小宓，害人精——你快给我回来——”她凄厉的哭声和嘶叫声,隔了几条马路我都能听见。

那一刻让我感觉到,即便是姐姐严小宓活着,也将重新死去。

无论怎样，严小宓确实是离去了。她盛放绒线的苇编篓子还在,被恼怒的父亲扔在院子的墙角里。在这一年下初雪的冬夜,领花的一角从花池的雪水中露出来，那一抹白色深深刺痛了我的眼睛。

一天晚上,我步行回家,马路上一盏盏路灯映照着白雪,我的影子忽而变长,忽而变短,很蛮横很古怪地在雪地漫延开来,一种难以言说的恐惧让我加速了行进的脚步。当时夜已深,只有我一个人在铺满大雪的路上行走，我被身后的这条影子追逐着，双臂前扑，给小镇的雪夜画上了一个逃亡者的影像——那是严小宓在身后追逐着我吗？让我的奔跑像是另一种逃亡？

七

严小宓离开家的第二年重阳节前夕，我被当地报社委派，有了去上海学习半个月的机会。

这是我有生之年第一次去上海。

到了上海后，我找了一家旅馆住下。吃罢晚饭，搭了一辆出租车到上海外滩看夜景。出租车在这座闪闪发亮的城市里滑行，一路上，满街的火树银花，什么都被照亮了，变成了一个薄脆易碎的混沌的梦，在出租车周围不断地散开、合拢。

周围人行道上走着的人轻而易举地进入这个梦中——教堂的圆顶高耸，剧院前车水马龙，里面传来的钢琴乐声时远时近。

远处的街巷有如暗影里的迷宫，青石板路在湿润的黄昏闪着光亮，薄雾笼罩着恋人的身影——整个上海在这个梦中闪闪发光。

我坐在靠窗的位置上，眼睛贪婪地看着，心里有一首歌与窗外的世界一起沉浮——

带我回上海

回到我心之所向

犹记彤光满路华灯初上

夜空有钻石闪耀

我合起眼，就在这里与你相望

不过片刻黄粱梦醒，满目昏盲——

有那么一瞬，我猛然记起新疆蛮荒偏僻的戈壁滩及村落的星点灯光——夜半时分，南疆戈壁滩酷似汪洋大海，在浩瀚的漆黑当中，夜行车的车头切割出一小片光亮，我看见一个个细小如星如豆的灯光颤抖着，竭尽全力发出光亮。那灯火下的人生，自然与这座城市里的人生迥然不同。

当这辆出租车行驶到路程的一半时，我感觉有点不对了——出租车司机一直自顾自地在说话，说的话含混不清，听口音，这个司机是上海本地人。起因是我与司机无意中的聊天。我客气地问他："您在上海当出租车司机，钱一定很好挣吧？"

"你是外地人吧。说话真轻松。什么叫钱好挣？"他扭过头看我，脖子上几道深刻的颈纹，像绳索似的勒住他，"我一天要在路上跑十三四个小时，累死累活的，我老婆下岗了，她们整个纺织厂的人全下岗了，没工作了。我父亲瘫痪在床上，一年医药费就得好几万。"

他一脸羞愧，一只手把着方向盘，伸出另一只手猛扇自己的脸，仿佛活着的羞耻感在瞬间袭击了他——"这日子没法过下去了。真惹毛我了，谁也别想活。"

说完，他猛地扑向出租车防盗挡板，然后加快马力在车河横冲直撞，透过那层毛躁的挡风玻璃，我看见的是司机那张熬红的、对人生充满恶意的双眼，以及灰黑凌乱的头发。

我瞬间惊呆了，赶紧赔出一脸笑，让这个司机把车停到马路边,手忙脚乱地付钱后下了车,这辆古怪的出租车绕了一个小“S”后,向前猛冲而去。

我逃离了一个陌生人的生活灾难,竟有了一种劫后余生之感,长长地吁出一口气后,来到路边附近一家便利店,买了一只细长形状的水杯,紧紧握在手中。我其实用不上这只看起来嗲里嗲气的杯子,但在此刻,我需要一件类似护身符的东西,赋予自己笃定和无所畏惧。没过多久,我摩挲着光滑的杯身,穿过马路,一头扎进了灯火辉煌的夜色中。

前方不远处,就是上海外滩。

入夜的上海外滩,万国大厦流光溢彩,像一座巨大的峡谷,又像突兀奇异的坚硬花朵,悬挂在人间之境,传送着咫尺之距的长江的气息——那是一种暖而湿、咸而微腥的气息。一眼望过去,还有围列着万国大厦的一个个巨型广告牌,红的、橘红的、粉红的光影,倒映在混浊的黄浦江中，一抹抹刺激性的颜色在江面上不停地蹿上落下,厮杀得异常热闹。我边看边在心里感慨:在上海这个城市里,就是栽一个跟头,恐怕也比别处要痛些啊。

这样想着,我刚才的不安和气恼一下子就消失了,感觉气顺多了。

我是这样地迷恋上海宽阔整洁的街道——站在夜晚空旷的十字路口旁,马路像广场一样广阔,道路四周的高楼一点都不压抑,我久久地站在路边,像一只迷途忘返的羔羊迷恋水边的青草,难以说服自己离去。一辆洒水车从干净的街面上驶过,细小如雾的水滴在夜色中闪亮,路面上冒着淡淡的水汽,很快与更多气味混杂一起,我贪婪地嗅着这些气味,它们很好闻,让人心平气和。

我在回旅馆的途中路过一家位置偏僻的百货商场,几个年轻女孩站在商场门前发楼盘信息广告——这群女孩从早到晚,这期间除了上厕所和吃饭休息外,其他时间里,她们都得不停地在这里来回走动。

正值上海深秋,一股风卷起几张艳丽的纸片——都是这些女孩硬塞到路人手里,随即又被嫌弃地丢掉的广告纸片,那纸片的颜色在路灯的映照下,鲜亮得令人绝望,像是连命也不要了。

我在找旅馆时迷了路,七拐八拐地来到了一条不到二百米的狭长巷子里。巷子两旁大多是店铺,数了数,有五家小饭馆,一家花店,两家百货店,五家美发美足店,还有一些进门就会跌入深而窄的楼梯的那种穴洞般的小店,里面在经营着什么很难想象。

巷道门口不时地有一些女人在东张西望。她们不看女人,只看来去的男人。已是深秋,路人们都穿毛衣了,可她们还穿着露胸露大腿的衣服,有些女人身材肥硕,不新鲜的肌肤油腻腻的,很扎眼。她们的脸上没有笑容,全是一副厌世的表情。路过的男人朝她们看,她们就懒洋洋地独自迎上去。奇怪的是,这些女人看起来似乎彼此都认识,但是谁也不理睬谁,似乎同在一条街道上却不属于同一时空维度,因此她们谁也不看谁。说真的,我从来没见过比她们更孤独的动物了。我死盯着其中的一个女人看,突然想起了离家多年的姐姐——严小宓。我心里一紧,不是的。这些女孩没有一个长得像严小宓,也没有一个是严小宓。

"严小宓。"

我在心里轻轻地念了好几遍,一阵痛感如电流击穿我的身体。

八

彻底离开这个南疆小镇去W省城生活和工作,已经是几年之后的事了。那是夏季的一天,烈日又一次沸腾了,地上冒出隐隐的白烟。我出门取飞机票,一路上想着在这样的盛夏季节,我是不是不该离开? 因为,我需要一份暂时的酷热,使我原地不动,需要这种酷热来制服我最后还在犹豫的理由。

我想起这几十年来的人生,不是奔跑和跳跃,就是逃离。

对,是逃离。

又一年冬,我从W市回到南疆小镇过春节,除夕的前一天,我母亲说,我的姐姐严小宓已搭乘一辆夜班车走在回家的路上了。那一晚,小镇下着大雪。我站在窗前,恍然看到她提着一个行李箱,眼神如同黑夜来临般灰暗,命运对她的怠慢,让她窘迫地站在小镇陌生的车站东张西望——那一刻,绿洲小镇夏日的酷热与阴凉,在一树树枣花与尘沙中滞重地浮动,这些无法存留的记忆,正被粗糙的现实磨损。

我还想象她正心绪复杂地穿过马路边已然成白雪枯枝的沙枣

树和新疆杨树林，此时，奎依巴格镇大雪纷飞，而她却想象成是枣花的落英，正铺满洒过清水的街面，它们和自己多年前的青春时光一起，成为某种超现实的记忆，鲜明而恍惚，坚硬而又虚空，被她所带来的大雪所触动，暮春沙尘暴的气息，绿洲小镇初夏干燥的夜晚，马路两旁的灯光，还有戈壁滩上孤独的夜行车，带着岁月的晦暗之光开始降临。

这些年来，严小宓过得怎么样，她曾经历过什么足以改变她人生观的大事，或者说是人生危机，她有多少次感到过绝望，我一无所知。当记忆回溯向着时间深处坠落，十多年的时光裹成厚厚的一大团，漫长而又短促，它旋转着，像飞一样，比飞还快。

如同闪电。

此时的她将在这座小镇里和她多年前的日子相遇，接续。她就要和我的家人上演出一场久别重逢的戏剧。但她在这期间大段的生活，对于我和家人来说始终是一个空白，是一个黑洞。但是，这已经不重要了。

我屏住呼吸，支起耳朵听门外的响动，那响动，似乎是大红色的高跟鞋踩在雪里的声音。严小宓曾经那么的爱漂亮，又是那么一个乖张的人，在下雪天也经常穿红色的高跟单鞋。

可是，在这个小镇寥落的冬夜，严小宓穿那么香艳的红鞋一步步踏过来，是要给谁看，给谁听见呢？

我一定要从深夜被翻动的大雪中，从无垠的绿洲的戈壁滩中听出来。